August

Mu

ller

Über das Bruchstück vom Schädel eines Finnwales Balaenoptera

syncondylus

welches im Jahre 1860 von der Ostsee an die kurische Nehrung geworfen wurde

August
Mu
..
ller

Über das Bruchstück vom Schädel eines Finnwales Balaenoptera syncondylus
welches im Jahre 1860 von der Ostsee an die kurische Nehrung geworfen wurde

ISBN/EAN: 9783742808592

Hergestellt in Europa, USA, Kanada, Australien, Japan

Cover: Foto ©Andreas Hilbeck / pixelio.de

Manufactured and distributed by brebook publishing software
(www.brebook.com)

August

Mu

ller

Über das Bruchstück vom Schädel eines Finnwales Balaenoptera

syncondylus

Ueber

das Bruchstück vom Schädel eines Finnwales

Balaenoptera syncondylus

welches im Jahre 1860 von der Ostsee an die kurische Nehrung geworfen wurde

von

August Müller.

Mit drei Steintafeln.

Besonders abgedruckt aus den Schriften der physikalisch-ökonomischen Gesellschaft zu Königsberg Jahrg. IV.

Königsberg, 1863.
Druck der Universitäts- Buch- und Steindruckerei von E. J. Dalkowski.

Die Geschichte dieses Schädelstückes ist von dem Stadtrath Dr. med. Herrn August Wilhelm Hensche in dem ersten Jahrgange dieser Zeitschrift p. 147. bereits gegeben, und ich fühle nur die Verpflichtung, herauszuheben, dass dasselbe von dem Dünenaufseher Zander zu Nidden aufgefunden wurde, und dass Herr Stadtrath Hensche, dessen wissenschaftlichen Beobachtungen und uneigennützigen Bestrebungen die Sammlungen der Universität schon so schätzbare Beiträge verdanken, die erste Nachricht von dem Ereigniss erhielt. Er wandte sich, den wissenschaftlichen Werth dieses Ueberrestes erkennend, an den Oberpräsidenten und Curator der Universität Herrn Dr. Eichmann, welcher in einer dankbar anzuerkennenden Weise die Einsendung desselben an Herrn Hensche sogleich veranlasste, der es der anatomischen Sammlung der Universität übergab. Herr Domainen-Rentmeister Liedtke in Rossitten hatte von dem Fundorte die genaueste Kenntniss, da auch diese erste Sendung durch seine Hand ging; er behielt die Angelegenheit im Auge, und danken wir ihm die nachträgliche Einsendung eines Wirbels von demselben Thiere, welcher leider übel zugerichtet betroffen wurde. Hoffentlich wird mehr erfolgen.

In der genannten Abhandlung hat Herr Hensche zugleich die Fälle von dem Vorkommen von Bartenwalen in der Ostsee, sowie die Nachrichten von den hier im Lande gefundenen Ueberresten zusammengestellt, und drei nach Photographien gut ausgeführte Ansichten jenes Schädelstückes beigegeben. Herr Dr. med. H. Hagen hat dieser Arbeit eine kurze osteologische Beschreibung hinzugefügt, und den systematischen Ort des Thieres unter den Finnwalen, wie mir scheint, ganz richtig angewiesen. Demnächst hatte ich dieses Kopfbruchstück zum Gegenstande einer Inauguralschrift gemacht*), und gebe hier eine ausführlichere Beschreibung mit noch einigen Abbildungen. Herr Prothmann hier hat die Ansichten photographisch aufgenommen, und sie nach verschiedenem Massstabe in ungewöhnlicher Klarheit und Schönheit hergestellt. Eine Reise nach Copenhagen setzte mich in den Stand, die Vergleichung mit anderen Finnwalen weiter auszudehnen, wozu das grossartige Material in der physiologischen Sammlung unter Herrn Eschricht, wie auch das der zoologischen unter Herrn Reinhardt, die Gelegenheit gab. Nicht minder erkenne ich die Gastlichkeit dankbar an, mit welcher man mir die Benutzung der wissenschaftlichen Schätze gestattete. Trotzdem ist es unmöglich, alle Verhältnisse auf einer Reise vorauszusehen, deren Auffassung nützlich sein werde. denn die Bedürfnisse entstehen und mehren sich, wie man in eine Sache weiter eindringt. Man möchte daher, zu Hause angelangt, die Reise bald wiederholen. um diesmal die Mängel, welche jetzt bemerklich werden, vollständig zu decken. Die einzige Stütze, welche unsere Sammlung gewährte, ist ein unvollständiges Exemplar von Balaenoptera rostrata Fabr. Dieses stand mir dauernd zur Vergleichung zu Dienste, und ohne diese spärliche und doch so wesentliche Hülfe würde ich die Arbeit nicht haben unternehmen können.

Das Kopfbruchstück besteht aus dem Hinterhauptsbeine. und auf der linken Seite nur aus diesem; auf der rechten Seite ist noch das Schläfenbein, woran ein Stückchen des Felsenbeines beweglich hängt, das Flügelbein und ein Theil des Scheitelbeins vorhanden. Es hat einem grossen Thiere angehört. denn die halbe Breite des Schädels von der Mittellinie bis zu Ende des Jochfortsatzes des Schläfenbeines (von welchem noch ein wenig abgerieben sein mag) misst 111 Cm. In der Eschricht'schen Sammlung ist eine Megaptera longimana von fast gleicher Grösse, da dieselbe Messung 112 Cm. ergab, deren Kopf 450 Cm., also um einen Zoll 13 Fuss Rheinl. lang ist. Das ganze Skelet dieses Thieres, dessen Kopf aber verhältnissmässig gross ist, misst 13,9 M. oder 44'₄ Fuss. Das Gewicht unseres Schädelstückes giebt H. Hagen auf 180 Pfd. Z.-G. an.

Die Knochen sind gut erhalten. ihre Farbe ist schmutzig graubraun, und sie sind frei von fremden adhärirenden Massen. Nur die Flustra, welche sich hier und da angesiedelt hatte, bezeichnet, wie Hensche treffend bemerkt, den

*) De fragmento cranii ceti, quod maris baltici aestu anno 1860 ejectum est. Regimonti Pr 1862. f.

langen Aufenthalt im Meere. Unter dem Mikroskope lassen feine Durchschnitte die Textur sehr schön erkennen; man sieht die Knochenlücken mit ihren verzweigten Strahlen und viele sehr feine Gefässkanälchen. An der Oberfläche der condyli occipitales findet sich verknöcherter Knorpel, der sich etwas tiefer mit wirklichem Knochen gruppenweis mischt. Mit Säuren behandelt hinterlässt der Knochen eine derbe organische Grundlage. Die Rinde des Knochens., welche an der Aussenfläche des Schädels sehr dick ist, hat sich in der Gelenkgrube des Schläfenbeines durch Zerstörung der unterliegenden Diploë abgelöst. und war bei der Fortschaffung des Knochens zum Theil herunter gebrochen (Fig. 4. fr); an diesem Bruchrande hat sie 2 Cm. Dicke, nimmt aber nach hinten schnell ab. An den hervorragenden Stellen ist diese Knochentafel abgerieben. und die Fortsätze der unteren Schädelfläche sind zerstört; so fehlt die ganze Gaumenpartie, und von dem Felsenbeine ist nur der Theil noch übrig, welchen eine Rinne des Schläfenbeines umfasst. Danach scheint die untere Fläche des Schädels auf dem Meeresgrunde gelegen zu haben, und durch die Bewegung der Wellen abgerieben zu sein, was um so natürlicher erscheint, als die Basis des Schädels der schwerere Theil ist.

Für fossil im gewöhnlichen Sinne kann ich diese Knochen nicht halten. Sie sind vom Meere ausgeworfen, dem natürlichen Aufenthalte der Walthiere; sie erscheinen nicht chemisch verändert, und enthalten ihren Leim; sie bezeichnen endlich ein Thier, welches sich den lebenden Formen ganz eng anschliesst, und möglicher Weise unter ihnen noch existirt.

Um bei der Vergleichung mit anderen Finnwalen verständlich zu sein, will ich deren gewichtigste Merkmale und Namen hier ganz kurz angeben. denn man findet auch in neueren Arbeiten hierin eine grosse Divergenz. Die mehrsten älteren Angaben sind bekanntlich so unbestimmt gehalten, dass man nur vermuthen kann, welche Art damit habe bezeichnet werden sollen. Man hat es daher so ziemlich aufgegeben, den alten unbestimmten Andeutungen bestimmte Begriffe unterzuschieben, und solche alte Namen sind jetzt viel mehr lästig als nützlich, eben weil sie nach entfernten Wahrscheinlichkeiten gedeutet werden. Denn hierin divergiren die Ansichten, und machen diese Namen vieldeutig. Erst in der neueren Zeit traten nach und nach bestimmtere Bilder auf durch genauere Untersuchung und Abbildung von Individuen. Dies sind die Lichtpunkte, welche man benutzt, um bestimmte Begriffe von Arten darauf zu gründen, und ist daher bei jeder Art zuerst der Auctor und sein Werk zu nennen, von welchem dieser Lichtpunkt ausging, der eine Art in so weit beleuchtete, dass sie kenntlich wurde und gegen Verwechslungen sicher gestellt werden konnte; dann folgen die, welche den Horizont wesentlich erweitert haben, und dann mag man sich in Conjecturen ergehen abwärts von Aristoteles. Eine ganz andere Frage von untergeordneter Bedeutung ist es dagegen, wer einen Namen zuerst gegeben habe, welchem vielleicht erst viel später eine brauchbare Bedeutung beigelegt worden ist. Jetzt fehlt es noch bisweilen an einer schärferen Begrenzung der Weite in den Begriffen von Art, so dass es in manchen Fällen ungewiss bleibt, was von dem vorhandenen Material ein- oder auszuschliessen sei. Hierdurch entstehen ebenfalls manche Verschiedenheiten in der Synonymik, und dazu kommt, dass ein grosser Theil der neueren genauen Beobachtungen, welche in den nördlichen Staaten Europas gemacht wurden, denen das Material reichlicher zufliesst, in der dänischen und schwedischen Literatur niedergelegt sind, und sich nur langsam auf andere Länder verbreiteten.

Unter diesen Beobachtern nordischer Arten leuchtet vor Allen Daniel Friedrich Eschricht voran, dessen Tod uns jetzt schmerzlich berührt hat. Er verstand es, die für die Kenntniss der Walthiere so günstige Verbindung Dänemark's mit den nördlichen Küstenländern für seine Forschungen ergiebig zu machen, und seine Arbeiten begründen eine neue Epoche.

Eine kurze klare und kritische Uebersicht, über die nordischen Walthiere hat Prof. Lilljeborg in Upsala gegeben, welche sehr geeignet ist zur Einführung in den jetzigen Stand der Sache, und welche mir von grossem Nutzen war*).

Die Finnwale, Balaenopterae im weiteren Sinne, um welche es sich hier handelt, da unser Kopfbruchstück unzweifelhaft einem solchen angehört, unterscheiden sich äusserlich leicht von den Glattwalen, Balaena, durch die Rückenflosse und durch die Furchen der unteren Körperseite, nach welcher letzteren Eigenschaft auch einige Arten schwedisch Rörhval, französisch Rorqual, benannt sind. Im Skelete unterscheiden sich die Finnwale durch die freien Halswirbel, welche höchstens an den Dornen verbunden sein können, und durch die eigene Naht des Schläfenbeines, (siehe unten dieses). Vielleicht sind den Glattwalen die von Reinhardt**) entdeckten rudimentären Hinterbeine allgemein eigen:

*) Wilhelm Lilljeborg, Oefversigt af Scandinaviens Hvaldjur. Upsala 1862. 8. Aftryck ur Upsala Universitets Arsskrift 1861 et 1862.
**) D. F. Eschricht og J. Reinhardt om Nordhvalen. Saerskilt aftrykt af det Kongelige Danske Videnskabernes Selskabs Skrifter, 5te Raekke 5te Bind. Kiobenhavn. 1861. 4. p. 149. Tav. 2. fig. 1.

Von den Finnwalen können die Buckelwale als genus Megaptera Gray oder Kyphobalaena Eschricht passend getrennt werden.

Die genauer bekannten Arten sind:

I. Genus Balaenoptera, Finnwal.

1. Balaenoptera musculus. Wirbelzahl 62; 7 Hals-, 15 Brust-, 15 Lenden-kreuz-, 25 Schwanzwirbel. Der 2. bis 5. oder 6. Halswirbel mit sehr weiten ringförmigen Querfortsätzen. Die erste Rippe einfach, als Unterschied von der folgenden Art.

Hiermit soll der Wal bezeichnet sein, dessen Schädel G. Cuvier in den ossemens fossiles nach einem an St. Marguerite gestrandeten Exemplare unter dem Namen Rorqual de la Mediterranée beschrieben und abgebildet hat. Von dem übrigen Skelete besass er nur Bruchstücke. Cuvier giebt die Unterschiede von seinem rorqual du Nord scharf genug an. Wo der Oberkiefer an das Stirnbein sich anlegt, wird der Kopf plötzlich viel breiter, was bei dem letzteren nicht der Fall ist. Der hintere Rand des Stirnbeines, über welchen die Sehne des Schläfenmuskels geht, ist bei dem vom Mittelmeere von innen nach aussen und vorn, bei dem nordischen von innen nach aussen und hinten gerichtet. Die Nasenbeine beschreibt er als kurz und mit einem Ausschnitte versehen, und bildet sie auch so ab, was mit dem von Eschricht und Reinhardt gegebenen Bilde (l. c. T. 3. f. 3.) nicht übereinstimmt, welches sonst dem Cuvier'schen ähnlich genug ist.

Companyo*) beschrieb ein an der Südküste von Frankreich gestrandetes Exemplar, welches in verschiedenen Punkten von den in Dänemark und Scandinavien für diese Art gehaltenen Exemplaren abweicht. Ein Theil dieser Abweichungen kann aber auf die Beschreibung geschoben werden, welche nicht ganz exact ist. So gab Companyo nur 14 Rippen an, die 15te fand sich aber an seinen Abbildungen als ein cornu des Zungenbeines noch vor. Die beiden ersten Halswirbel scheinen in der Form abzuweichen, und die Grösse des Thieres, welche Companyo auf 25,60 Meter angiebt erscheint für diese Art zu bedeutend. Eschricht und Lilljeborg ziehen aber diesen Wal hieher, obgleich ihnen auch Zweifel blieben.

Joh. Müller**) führte als für diese Art characteristisch an, dass der 2. bis 7. Halswirbel eine weite Oeffnung in den ungemein grossen Querfortsätzen besitzen.

---

*) L. Companyo, memoire descriptif et osteographie de la Baline échouée sur les côtes de la mer près de Saint Cyprien etc. 1828 Perpignan 1830.

**) In seinem Archiv 1842 p. CCXXXVIII.

H. Schlegel*) gab die Beschreibung und genaue Abbildungen von zwei Individuen, einem Männchen und einem Weibchen unter dem Namen Balaenoptera arctica heraus, welche oft zu der folgenden Art, aber von Eschricht, der das Skelet in Leyden untersuchte, hieher gezogen wurden. Dass beide Abbildungen Schlegels derselben Thierart angehören, folgt aus ihrer genauen Uebereinstimmung.

2. Balaenoptera laticeps. Balaena rostrata Rudolphi. Rorqual du Nord Cuvier. Balaenoptera laticeps J. Gray. Pterobalaena boops Eschricht. Wirbelzahl 55; 7 Hals-, 13 Brust-, 14 Lendenkreuz-, 21 Schwanzwirbel. Erste Rippe am Vertebralende tief gespalten.

Hiermit soll die Art der Finnwale bezeichnet sein, welche Rudolphi nach einem 1819 an der holsteinschen Küste bei Grömitz gestrandeten Weibchen beschrieben und durch Abbildungen des Skelets erläutert hat **). Ein Steindruck des ganzen Thieres, nach der Natur von Matthiessen, Hamburg 1819 4. ist von Brandt und Ratzeburg in der medicin. Zoologie T. 15. Fig. 3. copirt. Der von Rudolphi gegebene Name konnte aber nicht wohl beibehalten werden, weil Balaena rostrata nach Pontoppidan schon früher einen Zahnwal, den Hyperoodon Lacepède bezeichnete, und weil ausserdem Fabricius den kleinen Wal mit diesem Namen belegte, welchen Rudolphi fälschlich für ein junges Individuum seines Wales hielt. Der Name boops ist wegen seiner Vieldeutigkeit vermieden worden.

Der Schädel ist leicht kenntlich an der richtig keilförmigen Gestalt, so dass die seitliche Begrenzungslinie, wenn man den Kopf von oben sieht, vom breiten hintern Theile bis zur Schnautzenspitze fast gradlinig verläuft, da bei andern Arten das Stirnbein vor dem Oberkiefer stark herauszuragen pflegt. Dieser vom Hirnschädel vorspringende Theil des Stirnbeins hat, von oben gesehen, eine fast regelmässig rhombische Gestalt; der vordere und hintere Rand stehen schräg gegen die Mittellinie des Kopfes, den stumpfen Winkel nach vorn bildend.

Nichts ist gewisser, als dass dies der rorqual du Nord von G. Cuvier ist, da Cuvier diesen rorqual nach Rudolphis Abbildungen beschrieben. und diese.

---

*) Abhandl. a. d. Gebiete der Zoologie und vergl. Anatomie. Hft. I. und II. Leyden 1811 – 43. :.

**) K. A. Rudolphi, einige anatomische Bemerkungen über Balaena rostrata. Abhandl. der Acad. der Wissenschaften zu Berlin 1822. p. 27.

wie er in der Note angiebt, in den ossemens fossiles copirt hat. Eschricht hat diese Art unter dem Namen Pterobalaena boops beschrieben *).

Von dieser Art führt Lilljeborg drei Skelete an, das in Berlin, eines in Leyden und eines in Bergen; alle sind einige dreissig Fuss lang und haben getrennte Wirbelepiphysen, welche ihr jugendliches Alter beweisen. Man hielt daher diese Individuen allgemein für junge Exemplare des Riesenwales, welcher bis 100' Länge erreicht, da dieser ebenfalls an der ersten Rippe die sonderbare Spaltung in zwei Köpfchen zeigt. Eschricht **) erhielt einige Theile des Riesenwales von Grönland, wo ihn H. P. C. Möller beobachtet hat, und glaubt in den Formen der Brustglieder einen Artunterschied von der B. rostrata Rudolphi und eine Uebereinstimmung mit dem grossen in Ostende aufgestellten Skelete zu finden, handelte ihn jedoch unter Pterobalaena boops mit ab. Lilljeborg verglich die Beschreibung und Abbildung des grossen Ostende-Wales von Dubar ***) mit einem in Bergen aufgestellten Exemplare von B. rostrata Rud. und fand Eschrichts Ansicht durch Formverschiedenheit des Kopfes, Atlas, Schulterblattes und der ersten Rippe, welche allerdings auch gespalten ist, um so mehr bestätigt, und stellte diesen Wal als eine besondere Art auf, nach einem mündlichen Vorschlage von Eschricht unter dem Namen Balaenoptera gigas. Er soll 55 Wirbel haben, 7 Hals-, 14 Brust-, 16 Lendenkreuz-, 18 Schwanzwirbel und ist nach Möller von schlanker Form; der Unterkiefer ist erheblich länger und breiter als der Oberkiefer, und soll vor diesem um etwa 2' vorstehen. Rückenflosse niedrig und weit nach hinten gestellt.

Anmerkung. F. Rosenthal und F. Hornschuch †) haben einen bei Rügen 1825 gestrandeten männlichen Finnwal von 46' Länge beschrieben, welchen Lilljeborg, der die hier angeführten Abhandlungen nicht erhalten konnte, unter B. musculus stellt, während ihn Brandt und Ratzeburg (medicin. Zoologie) für B. rostrata Rudolphi halten. Für die erstere Ansicht scheint

---

*) Undersögelser over Hvaldyrene. 6. Afhandling. K. Danske Vidensk. Selskabs Skrifter, 3. Raekke 1. Bind. p. 130.

**) Undersögelser over Hvaldyrene, 5. Afhandling. K. Danske Vidensk. Selsk. Skrifter 12. Decl p. 375. Vergl. auch

J. Reinhardt, appendix till: Grönland geographisk og statistisk beskrevet af H. Rink 1857. Bd. I, Decl 2. p. 10.

***) Dubar, osteographie de la Baleine, échoué à l'est du Port d'Ostende le 11. Novembre 1827 avec plauches. Bruxelles 1828.

†) Epistola de Balaenopteris quibusdam, ventre sulcato distinctis, quam Blumenbachio etc. gratulantes scripserunt. Gryphiae 1825. 4 und F. Rosenthal, einige naturhist. Bemerkungen über die Wale, nebst einer Abbildung (des ganzen Thieres.) Greifswald 1827. fol.

auch die Wirbelzahl zu sprechen, denn es waren 7 Hals-, 15 Brust-, 15 Lenden-kreuz- und 24 Schwanzwirbel $=$ 61 vorhanden. Vergleicht man dagegen die Beschreibung und Abbildung dieses Wales mit der, welche Schlegel von dem 40 1/2' langen Männchen der B. musculus gegeben hat, so stellen sich sehr er-hebliche Verschiedenheiten heraus. Die Bauchfurchen sind auf Rosenthals Abbildung viel breiter als auf der von Schlegel gegebenen, doch muss dies wohl ein Fehler des Zeichners sein, da die Leisten, welche die Furchen trennen, nach dem Masse umgekehrt von Schlegel grösser zu 15''' als von Rosenthal und Hornschuch zu 1'' angegeben werden. Auch fehlen an Rosenthals Abbildung die äussersten am Mundwinkel gelegenen Furchen, welche sich in spitzen Winkeln mit den benachbarten verbinden, was bis hinter die Brustflosse stattfindet, und von Schlegel genau angegeben ist. Auch die Lage des Auges ist auf beiden Abbildungen verschieden gezeichnet, und im Texte verschieden bestimmt. Nach Rosenthal und Hornschuch soll es 8 1/4' hinter der Schnau-tzenspitze gelegen sein, nach Schlegel dagegen 6' 3'', (was nach der ersteren Proportion annähernd 7 3/4' betragen würde). Ferner soll die Nasenöffnung nach Rosenthal und Hornschuch 8' 3'' hinter der Spitze des Oberkiefers liegen, nach Schlegel 4' 7''. Die Länge der Spritzlöcher des Rosenthal'schen Wales soll 13'', des Schlegel'schen 6'' betragen. Das grösste Gewicht möchte ich aber auf das Längenverhältniss zwischen Ober- und Unterkiefer legen; in Schlegels Abbildung überragt der Unterkiefer den oberen nur wenig; in der von Rosenthal steht der Unterkiefer auffällig weit vor, und in der citirten epistola heisst es p. 7.: „Maxilla inferior ab apice usque ad angulum oris 9 ped. 7 poll. longa, in apice circiter 10 poll. prominentior et 6 poll. utrin-que latior quam superior, in oris angulo 1 ped. 4 poll., in apice vero 8 poll alta.“ Auch die Farbe ist verschieden; der Rosenthal'sche Wal ist an der oberen Seite nicht so dunkel dargestellt („livido nigricans“), die untere weisslich („albida“), der Schlegel'sche ist nach der Angabe im 1. Hefte von dem Weibchen schön glänzend schwarz auf der oberen Körperseite, unten „glänzend porzellanweiss.“

Es muss bei diesen so grossen Abweichungen sehr gewagt erscheinen, den Rosenthal'schen Wal, blos weil die Wirbelzahlen stimmen, zu B. mus-culus zu ziehen. Aber auch zur laticeps (rostrata Rudolphi) kann er nicht ge-hören, weil diese nur 13 Brust- und 14 Lumbosacralwirbel hat. Mit B. gigas würde er in der hervorragenden Länge und Breite des Unterkiefers übereinstimmen, einem sehr auffälligen Merkmale; und wenn Möller bei dem erwachsenen Thiere von etwa 100' die Differenz der Länge auf 2' angiebt, so würde dies auf den Rosenthal'schen Wal nahezu passen, bei welchem der Unterschied 10 Zoll beträgt, da er die halbe Grösse mit 46' kaum erreicht hat; und dass er ungeachtet dieser erheblichen Länge ein junges Thier sei, beweisen seine getrennten Wirbelepiphysen. Ich vermuthe daher, dass der Rosenthal'sche Wal zu B. gigas gehört. Hiergegen scheint aber die Wirbelzahl zu sprechen. Indessen pflegt die letzte Rippe nur im Fleische zu stecken, und dass dies bei dem Rosenthal'schen Wal der Fall gewesen, wird in der citirten epistola p. 13. ausdrücklich angegeben. Es müsste dann also, wenn diese Vermuthung richtig wäre, bei der B. gigas und dem Ostende-Wal ebenso sein. Diese letzte Rippe geht leicht verloren, und sie könnte dem Ostende-Wal fehlen. Dann würde er statt 14 Brust- und 16 Lendenkreuzwirbel 15 Brust- und 15 Lendenkreuzwirbel haben, wie der Rosenthal'sche, und es würde nur eine, wenngleich sehr erhebliche Differenz der Schwanzwirbel über bleiben, für den Rosenthal'schen Wal 24, und für den Ostende-Wal 18. Wäre dies richtig, so müsste die B. gigas wegen der Kürze des Schwanzes eine höchst eigenthümliche species sein. Es scheint hierfür allerdings die Beobachtung Möllers zu sprechen. dass die Rückenflosse weit nach hinten sitze; das könnte sie indessen auch bei einer grösseren Anzahl von Schwanzwirbeln haben. 18 Schwanzwirbel hat die B. rostrata Fabr., der kleinste der Bartenwale, welcher überhaupt nur 48 Wirbel besitzt, und es möchte der B. gigas, welche schlank gebaut ist, schwer fallen. bei 18 Schwanzwirbeln eine Länge von 100' herauszubringen; ich möchte daher vermuthen, dass dem Ostende-Wal eine nicht unbedeutende Partie abhanden gekommen ist. Die Rückenflosse war an dem Rosenthal'schen Wal verletzt, und ob die erste Rippe gespalten gewesen, finde ich nicht erwähnt. — Es würde sehr zur Befestigung der Begriffe von diesen Arten dienen, wenn man von der laticeps das ausgewachsene Thier und von dem gigas das Junge kennen lernte.

Schliesslich erlaube ich mir noch, auf eine Stelle der epistola p. 14. zu verweisen, welche berichtet, dass der Rosenthal'sche Wal jederseits zwei Beckenknochen gehabt habe, da man doch mehr als einen Beckenknochen nur an der Megaptera durch Eschricht, und an der Balaena durch Reinhardt kennt: „Artus inferiores desunt, ossium coxarum tantum rudimenta conspiciuntur, nimirum ex primo processu spinoso inferiori, qui corporibus vertebrae tricesimae

2 *

octavae et spetimae adnectitur, duae apophyses longae exortae divergentes ad anum adscendunt. Praeterea ossa carni inhaerentia et intestinum sustinentia, bifurca, ramis fere stiloideis inaequalibus, quorum dexter compare sinistri lateris multo longior et latior, constituta, inveniuntur." Ausserdem sind ossa bifurca ramis fere stiloideis am Becken der Balaenopteren nicht bekannt.

3. Balaenoptera rostrata Fabricius. Pterobalena minor Eschricht.

Sie ist durch die geringe Wirbelzahl 48, 7 Hals-, 11 Brust-, 12 Lendenkreuz-, 18 Schwanzwirbel und durch die weissen Barten leicht kenntlich.

Es ist also die von Otto Fabricius in der fauna groenlandica p. 40. beschriebene Art, welche vielfach für das Junge der B. laticeps gehalten worden ist. Dies ist von H. Kröyer*) und von Eschricht hinlänglich widerlegt worden. Dieser hat ihn (nordische Wallthiere) ausführlich beschrieben, und unterscheidet die grönländische Form, an welcher die Querfortsätze des 5. und 6. Halswirbels sich zu Ringen schliessen, von der bergischen Form als Varietäten (p. 173.) Der Name rostrata wäre aus den angeführten Gründen auch hier besser vermieden.

II. Genus Megaptera J. Gray oder Kyphobalaena Eschricht. Bukelwal.

Hierher die M. longimana Rudolphi.

Wirbel 53. 7 Hals-, 14 Rücken-, 11 Lendenkreuz-, 21 Schwanzwirbel. Es ist eine ganz andere Erscheinung als die Balänopteren, so kurz, dick und plump, Rückenflosse lang und niedrig. Brustflossen auffallend lang. Schulterblatt ohne acromion und pr. coracoideus.

Fabricius hat ihn in der fauna groenlandica p. 36. als Balaena boops beschrieben, weil er ihn fälschlich für die von Linné unter diesem Namen angedeutete Art hielt.

Rudolphi hat ihn ausführlich beschrieben, und die äussere Form sowohl, als das Skelet abgebildet unter dem Namen Balaena longimana **).

Eschricht hat ihn in den nordischen Walthieren abgehandelt und erwiesen, dass G. Cuviers rorqual du Cap bestimmt zu diesem genus gehört. Beide Skelete gleichen einander vollkommen, nur habe die südliche Form ein kleines acromion, welches auf der rechten Seite etwas grösser sei.

---

*) Nogle Bemärkninger med. Hensyn. til Balaenoptera rostrata Naturhistorisk Tidskrift 2. Bind p. 617
**) Ueber Balaena longimana, Abhandlungen der Acad. der Wissenschaften zu Berlin 1832. p. 133.

Das Bruchstück der Balaenoptera syncondylus.

1. Das Hinterhauptsbein, welches sich durch seinen Schuppentheil bei den Walthieren so weit nach vorn über die Knochen der Schädeldecke hinschiebt, ist 18 Cm. vor dem foramen magnum abgebrochen, aber auf der rechten Seite dehnt es sich 66 Cm. weit über das Scheitel- und Schläfenbein aus. Eine crista ist auf der äusseren Fläche der Schuppe nicht vorhanden, es müsste denn etwa mit dem vorderen Theile eine Andeutung derselben verloren gegangen sein. Sie ist den Finnwalen nicht allgemein, und ich finde sie nicht bei unserm Zwergwale; auch bildet sie sich erst mit dem Alter deutlicher hervor.

Der Schuppentheil liegt an unserm Kopfbruchstücke flach, so dass das grosse Hinterhauptsloch mehr nach aufwärts gerichtet ist. Dieses ist beinahe rund, 11 Cm. lang und 10 Cm. breit, aber der grösste Querdurchmesser liegt etwas über der Mitte. Unmittelbar vor und über dem foramen magnum zeigt die Schuppe des Hinterhauptes an dem Rande, der diese Oeffnung begrenzt, eine halbmondförmige Fläche von 5 Cm. Höhe in der Mittellinie (Fig. 1.) Sie giebt einen schräg gestellten Durchschnitt durch den Knochen, ist glatt und ohne Leiste in der Mitte, und giebt dem Bilde einen characteristischen Zug. Auch bei B. musculus findet sich hier eine ähnliche Fläche, aber sie ist in der Mitte durch eine erhabene Leiste getheilt, zu deren Seiten Vertiefungen liegen.

Der Grundtheil des Hinterhauptsbeines ist an der untern Fläche quer concav (Fig. 1. und 3.); die Seitenränder, welche sich bei den Walen abwärts richten und mit dem Flügelbeine verbinden, sind zum Theil herunter gerieben. Die Naht gegen den Keilbeinkörper ist geschwunden, und bezeugt das vollendete Wachsthum des Thieres; nur eine rauhe Stelle an der untern Fläche nahe vor dem Hinterhauptsloche mag sie noch andeuten.

Die Gelenkfortsätze des Hinterhauptsbeines (Fig. 1.) sind erhalten und von Knorpel noch grössten Theils überkleidet. Sie sind in ihrer Form vor denen aller andern bekannten Bartenwale sehr ausgezeichnet, denn vor und unter dem foramen magnum verschmelzen sie alsbald zu einem einfachen kurz nierenförmigen Gelenkhöcker, welcher mit seinem concaven Rande die grosse Oeffnung nach oben aufnimmt. Die grössten Durchmesser der beiden verschmolzenen Condylen, welche etwas schräg von oben und aussen nach unten und innen liegen, betragen 24,2 Cm., die Breite von der Mittellinie ab 18 Cm.; die grösste horizontale Dimension beider 34 Cm. mit dem Tastercirkel gemessen. Dicht vor dem untern Rande des for. magnum werden die beiden Condylen

noch durch einen dreieckigen 3 Cm. langen Zwischenraum von einander getrennt; an dem Scheitel dieses Dreiecks liegt eine 7 Mm. weite Oeffnung, die
so gestellt ist, dass man nur von oben her hineinsehen kann, ohne Zweifel
ein Ernährungsloch für den Knochen. Von dieser Oeffnung ab beginnt die
Verschmelzung der beiden Condylen. Ihr Knorpelüberzug ist gerade an der
Mittellinie am spärlichsten erhalten, doch sieht man noch einen schmalen Streifen
von der einen zur anderen Seite hinübergehen. Von diesem Streifen erstreckt
sich auch aufwärts eine schmale Fortsetzung des Knorpels bis an das genannte
Ernährungsloch. Soweit dieser Knorpelüberzug hier vorhanden ist, markirt
sich auf ihm die Mittellinie durch eine Furche von 4½ Cm. Länge. Weiter
abwärts, wo der Knorpel zerstört ist, sieht man die offene Diploë, und bemerkt
hier eine tiefe Furche mit steilen Rändern, wie einen Sägeschnitt von 1,6 Mm.
Breite und 6,5 Cm. Länge, welche nach oben unter dem erwähnten Knorpel-
überzuge verschwindet ohne ihre Form zu ändern. Diese Furche kann nicht
für einen schmalen Zwischenraum der beiden Condylen gehalten werden, eben
weil sie oben von dem Knorpel gedeckt wird, und besonders auch desshalb
nicht, weil sie kein freier Zwischenraum ist. Denn aus ihrer Mitte erhebt sich
der Länge nach ein sehr zartes Knochenblättchen, welches diese Furche in
der Mittellinie in zwei Längstheile trennt; und welches ich durch die Lupe auch
auf der Photographie deutlich erkenne. Nach unten erreicht die Furche die
untere Begrenzungslinie des nierenförmigen gemeinsamen Condylus nicht, welche
sich als einen nach unten convexen Bogen deutlich bemerkbar macht, denn
hier ist die Diploë zu tief abgerieben, und sind damit 2,5 Cm. vom unteren
Theile der Furche verloren gegangen. Demnach sind die Condylen in einer
Länge von 13,5 Cm. mit einander verschmolzen. Die Kapselbänder, welche
sich hieran setzten, werden also auch wohl in Eins gebildet gewesen sein, und
nur eine Höhle enthalten haben; ebenso kann an dem atlas des Thieres eine
Verschmelzung der Gelenkgruben eingetreten sein, ohne dass dies jedoch noth-
wendig wäre. Sieht man die verschmolzenen Condylen im Profile an, so bemerkt man, dass eine kaum merkliche Einsenkung zwischen beiden an der
Mittellinie stattfindet, so dass die beiden Bogen ein fast gemeinsames Centrum
haben. Hiernach liegt die Frage nahe, ob denn die Beweglichkeit des Kopfes durch
diese vogelähnliche Bildung erheblich gewinne. Ich glaube diese Frage verneinen
zu müssen, denn auch bei den Delphinen, deren Condylen weit genug getrennt
bleiben, bilden beide überknorpelte Gelenkflächen Abschnitte von annähernd

derselben Kugel, und es kann doch die Bewegung nicht wesentlich ändern, wenn eine Gelenkkugel in der Mitte einen Ausschnitt oder eine Lücke erhält, und eben so wenig wird eine Veränderung der Beweglichkeit eintreten müssen, wenn bei ungetheiltem Gelenkkopfe die Pfanne sich in zwei getrennte Hälften theilt. An dem Zwergwalkopfe macht zwar jeder Condylus seine eigene Krümmung, aber die grösseren äusseren Partien beider Condylen bis zum Höhepunkte gehören auch wesentlich einer Kugel an, und die kleineren inneren Abschnitte, welche die Condylen einander zuwenden, sind zwar auch überknorpelt, um dem Kapselbande eine glatte Fläche darzubieten, aber sie kommen mechanisch gar nicht zur Wirkung, weil sie sich nie gegen die Gelenkpfanne des Atlas stützen, und könnten ebenso gut fehlen, wie dies bei den Delphinen der Fall ist. Die Beweglichkeit dieses Gelenkes ist zwar eine allseitige, aber wenig ausgiebige, namentlich die nach der Seite gerichtete, welche, wie ich an B. rostrata sehe, durch Anstoss der Querfortsätze des Atlas gegen das Hinterhaupt bald gehemmt wird. Auch haben die beiderseitigen Berührungsflächen, die des Atlas und die der Condylen, eine nur geringe und bei verschiedenen Arten nicht constante Grössendifferenz, welche doch das Mass der Beweglichkeit bedingt.

Die Verwachsung der Condylen ist für diese Art der Finnwale ein characteristisches Merkmal, weshalb mir der Name s y n c o n d y l u s bezeichnend erschien, obwohl man aus Erfahrung nicht feststellen kann, ob die Condylen schon in der ersten Entwickelung oder später verschmelzen; auch stützt sich die Unterscheidung dieser Art keineswegs hierauf allein. Immerhin ist eine solche Verschmelzung bei keinem Walthiere und überhaupt bei keinem Säugethiere beobachtet, als bei dem Hyperoodon, welcher als Zahnwal unserem Thiere sehr fern steht. Es kam mir daher darauf an, zu ermitteln, ob das Wachsthum wohl einen Einfluss auf die Annäherung der Condylen ausübe. Mir standen hierzu einige Schädel der Phocaena zu Gebote, welche aus meiner eignen Sammlung stammen. Bei dem Neugeborenen liegen beide Condylen dicht zusammen, denn der Grundtheil des Hinterhauptsbeines, welcher die Gelenktheile trennen sollte, erreicht das grosse Hinterhauptsloch gar nicht, sondern endigt schon 6 Mm. vor ihm. Bei einem erwachsenen Schädel standen die Condylen in einer Entfernung von 11 Mm. von einander, und mir scheint, dass sie durch das Wachsthum der pars basilaris aus einander gedrängt werden.

Hiernach glaubte ich also, dass die Condylen bei zunehmendem Wachsthum sich nur weiter von einander entfernen könnten, und hielt Herrn Prof. Reinhardt in Kopenhagen, als dieser mir seinen Zweifel ausdrückte, ob die Condylen auch schon zur Zeit der Jugend verschmolzen seien, kühn meine Beobachtung entgegen. Aber wir fanden auch zur Rechtfertigung seiner Ansicht, dass hiervon abweichend die Condylen der erwachsenen Wale einander näher liegen als die der kleineren. Während ich an dem Schädel einer M. longimana, dessen halbe Kopfbreite (von der Mittellinie bis zum Ende des Jochfortsatzes des Schläfenbeines) 69 Cm. betrug, den Zeige- und Mittelfinger zusammen in den Zwischenraum der beiden Condylen einlegen konnte, vermochte ich bei einem grossen Exemplare, dessen halbe Breite des Kopfes ebenso gemessen 112 Cm. ergab, nur den kleinen Finger zwischen die beiden Condylen einzuschieben; der Zwischenraum konnte wegen der Stellung der Köpfe nicht genauer gemessen werden.

In der Berliner anatomischen Sammlung sind zwei Köpfe des Hyperoodon rostratus. Der eine, zu welchem das ganze Skelet vorhanden, ist 130 Cm. lang; die beiden Condylen sind durch eine nicht überknorpelte Rinne getrennt, welche vom untern Rande des for. magnum bis auf die Mitte zwischen beiden Condylen herabsteigt, so dass nur deren untere Hälften verschmolzen sind. Die Höcker des Oberkiefers liegen im oberen Theile 15 Cm. von einander entfernt. Der grössere Kopf von 184 Cm. Länge, hat verschmolzene Condylen, zwischen welchen ein keilförmiger Raum von oben her nur 4 Cm. weit herabsteigt; die Höcker des Oberkiefers berühren sich fast. Beides rückt also mit zunehmendem Wachsthum einander näher, sowohl die Condylen des Hinterhauptes als die grossen Höcker der Oberkiefer, wodurch die Köpfe der älteren und der jüngeren Thiere unähnlich werden. Ob die Condylen des Hyperoodon in der früheren Jugend ganz getrennt sind, weiss ich nicht, und viel weniger lässt sich dies von der B. syncondylus bestimmen, von der nur ein Bruchstück bekannt ist. Dass sich endlich die Bartenwale in der Jugend hierbei wie die Delphine verhalten, lässt sich aus den Abbildungen, welche Eschricht in den nordischen Walthieren besonders Tab. X. Fig. 2. von dem grösseren Fötus des Zwergwales giebt, klar ersehen, denn auch hier liegen die Gelenkhöcker dicht beisammen, und der Grundtheil erreicht den Rand des grossen Hinterhauptsloches nicht.

Die scheinbaren Widersprüche lösen sich hiernach leicht auf; denn die Schädelknochen vergrössern sich durch Wachsthum ihrer Ränder an den Nähten, und es ist bekannt *), wie das zu frühe Schwinden einer Naht auch die Ausdehnung des Schädels in einer auf die Naht senkrechten Richtung gewaltsam verhindert. Der Zwischenraum der beiden Condylen enthält jederseits eine Naht, durch welche das Grundstück des Hinterhauptsbeines gegen den Gelenktheil begrenzt wird. Die Condylen werden sich daher bei fortlaufendem Wachsthum so lange von einander entfernen, als diese Nähte offen sind; nachdem sich diese aber geschlossen haben, wird eine Vergrösserung der Condylen, auch eine Annäherung derselben zur Folge haben. Hierin liegt auch ein Unterschied gegen den einfachen Condylus der Vögel und beschuppten Amphibien, dessen mittleren Theil die pars basilaris selbst bildet; die beiden Nähte liegen daher im Condylus selbst, und können diesen durch ihr Wachsthum nur vergrössern.

Das oben erwähnte Ernährungsloch findet sich auch bei anderen Walen zwischen den Condylen; so bei der B. rostrata und der M. longimana, wo es etwas weiter nach vorn, in der Mitte des Zwischenraumes gelegen ist.

Hiernach kann man nicht den Einwand machen, dass die Verschmelzung der Condylen nur eine Altersform sei, da sie an den ausgewachsenen Exemplaren der anderen Finnwale nicht vorkommt; sie aber als eine individuelle Ausnahme anzusprechen, wird durch keine Gründe gestützt, vielmehr durch weitere Verschiedenheiten widerlegt.

Ueber die Gehirnflächen des Hinterhauptsbeines vergleiche man unten die Schädelhöhle.

2. Das Schläfenbein der Finnwale ist eine sehr grosse und unförmliche Masse, so dass es der Phantasie einige Schwierigkeiten macht, den Typus der übrigen Säugethiere da hindurch zu sehen. Leicht aber gelingt dies am Kopfe des Foetus aus der früheren Zeit, und es ist eines der grossen Verdienste Eschricht's um die Cetologie, die Entstehung dieser grossen Massen aus der typischen Form des Schläfenbeines an Präparaten entwickelt, und aus dem Grundgedanken erklärt zu haben, dass, so wie das Gehirn selbst relativ sehr klein bleibt, so auch die dasselbe umschliessenden Knochenflächen im Wachsthume stehen bleiben, während die nach aussen gewandten Seiten und Fortsätze gewaltig zunehmen, um für das kolossale Thier den verhältnissmässig noch grossen Kopf aufzubauen. Das fötale Schläfenbein der B. rostrata ist von Eschricht in den nordischen Walthieren Taf. XI. Fig. 2. und 3. dargestellt. Die niedrige Schuppe liegt an der Schädelhöhle unter dem Scheitelbeine zwischen dem grossen

---

*) Vergl. Rudolph Virchow, die Entwickelung des Schädelgrundes. Berlin 1857 fol. p. 79.

Keilbeinflügel und dem Seitenstücke des Hinterhauptbeines wie bei dem Men‑ schen. Von seinem unteren Theile geht der Jochfortsatz aus, der später so gross wird, um die Gelenkgrube für den Unterkiefer zu bilden, welche hinten durch einen Fortsatz (a l. c.) begrenzt wird. Tuberculum articulare möchte ich aber diesen Fortsatz nicht nennen, weil dieses vor der Gelenkgrube liegt. man müsste es denn ausdrücklich durch den Zusatz posterius davon unter‑ scheiden. Schon G. Cuvier*) hat angegeben, dass diese zwei Erhabenheiten. welche die Gelenkgrube hinten und vorn begrenzen, den Unterkiefer des Dach‑ ses selbst am skeletirten Schädel noch fest halten. Auch an dem Löwen, Ha‑ lichörus und den amerikanischen Affen ist der hintere Fortsatz stark entwickelt: am stärksten sehe ich ihn an Rhinoceros indicus und africanus, wie Meckel**) schon angiebt, an denen er über 6 Cm. lang und dem des fötalen Finnwal‑ kopfes nicht unähnlich ist, nur dass er mehr senkrecht herabsteigt.

Der dritte Fortsatz ist der pr. pterygoideus, welcher nach innen zum Flügel‑ bein herabgeht. Er ist auch an den Delphinen vorhanden, wo er ebenfalls gegen das os pterygoideum strebt, es aber nicht erreicht, sondern sich mit dem grossen Keilbeinflügel verbindet. Mit der Schläfenschuppe bildet er einen stumpfen Winkel, in welchen das Scheitelbein eingreift. Denkt man sich die Schuppe nach abwärts gedrückt, und dadurch diesen Winkel mehr und mehr verkleinert, bis er auf Null reducirt und das Scheitelbein daraus nach vorn ver‑ drängt ist, so hat man eine Form, welche der der Finnwale gleicht, denn bei ihnen sind beide Fortsätze durch einen tiefen Spalt getrennt, durch eine lange Naht, welche das eigene hat, dass sie zwei Fortsätze desselben Knochens, die Schuppe und den Flügelfortsatz des Schläfenbeines mit einander verbindet. Diese eigene Naht des Schläfenbeines kommt, soweit ich habe beobachten können, allen Finnwalen zu und nur diesen, giebt also ein sehr brauchbares Kennzeichen für dieselben ab.

An unserem Schädelfragmente sieht man die Schuppe sq. auf Fig. 4. als einen langen von fast gleichlaufenden Rändern begrenzten und nach innen und abwärts gerichteten Fortsatz, welcher am Ende schräg abgeschnitten auf das Flügelbein pt. stösst. Dicht unter ihm liegt der Flügelfortsatz des Schlä‑ fenbeins pp., welcher in derselben Richtung verläuft, und ebenfalls das Flügel‑ bein erreicht. Er ist nach oben durch die genannte eigene Naht des Schlä‑

*) Leçons d'anatomie comparée. 1805. T. III. p. 31.
**) System der vergleichenden Anatomie. T. II. 2. p. 499.

fenbeines sp. von der Schuppe getrennt. Das äussere Ende dieser Naht beginnt von einem 32 Cm. langen und 1 und 1¼ Cm. weiten Canale o, zu welchem eine Furche von aussen her den Zugang bildet, und welcher, nachdem er das Schläfenbeim durchbohrt, an der Lücke für das Felsenbein (siehe diese) mit zwei Gegenöffnungen (Fig. 3. o.) endet; er enthielt ohne Zweifel ein Gefäss. Eine Sonde lässt sich leicht hindurch führen. Denkt man sich diese Sonde an beiden Enden festgehalten, und damit die Masse des Schläfenbeines in der Richtung nach innen durchschnitten, so würde diese Naht entstehen; sie ist also wie die Oeffnungen des Canales vorn in der Schläfengrube und hinten am Rande der Lücke für das Felsenbein sichtbar. In der Schlä fengrube sieht man sie von Fig. 4. o. erst 8 Cm. fast gerade aufsteigen, dann unter einem Winkel von etwa 40 Graden umbiegen, und in der Richtung auf die Ecke des Flügelbeines pt. 18 Cm. weit verlaufen.

Der dritte, der Jochfortsatz, bildet die Hauptmasse des Schläfenbeines; er ist an unserem Thiere dreikantig, und läuft nach aussen spitz aus wie bei der Mehrzahl der Finnwale. Man kann ihn daher als dreiseitige Pyramide auffassen, deren Achse nach aussen gerichtet und etwa in der Mitte geknickt ist, so dass ihre Spitze, welche das Jochbein aufnehmen sollte, nach vorn sieht, und die vordere Fläche einen Winkel bildet, dessen Grösse für die Arten der Finnwale characteristisch ist. Wir unterscheiden also die obere Kante, in welche sich die linea semicircularis des Schläfenmuskels fortsetzt Fig. 4. ms.; die vordere untere, welche die Gelenkgrube für den Unterkiefer nach vorn begrenzt ma., und die hintere untere mp.; diese bildet, wie man am besten an der Fig. 3. der Hensche'schen Tafel sieht, durch die Biegung der Pyramide einen abgerundeten Winkel. Der äussere Schenkel dieses Winkels wird bei vielen Finnwalen durch Zunahme der Biegung zum äusseren Rande, am auffallendsten bei der M. longimana (Fig. 7. e.) Der Winkel der vorderen Fläche mag etwa 130 Grade halten, und kann nach der eben bezeichneten Figur des Herrn Hensche beurtheilt werden; er liegt gerade an der Stelle, wo der Spalt, der das abgebrochene Knochenstück trennt, den vorderen Rand schneidet. (fr. unserer Fig. 4.) An der unteren Seite liegt die grosse und sehr flache Gelenkgrube, welche mit einer dicken Knochentafel bekleidet wird. Nach aussen zu ist ein grosses Stück dieser Rinde abgebrochen; die Fig. 3. des Herrn Hensche zeigt dies rechts oben, die Fig. 2. links unten, wo das Stück restituirt ist; bei unserer Fig. 4. fr. ist es nicht wieder eingesetzt. Ein Knorpelüberzug findet

3*

sich in dieser Gelenkgrube der Walthiere nicht, weil diese ein Kapselband mit Gelenkhöhle bekanntlich hier nicht haben.

Vor dem Gehörgange (Fig. 3. ma.) liegt der oben erwähnte Fortsatz. welcher die Gelenkgrube nach hinten begrenzt (Eschricht Walthiere T. XI. Fig. 2. 3. a.) Die äussere Knochentafel ist hier zwar abgesprengt, wie unsere Fig. 3. m. zeigt, aber nach dem flachen Ansteigen der Umgegend zu schliessen hat der Fortsatz hier eine bedeutende Höhe nicht erreicht. Der äussere Gehörgang ma. beginnt als eine 4 Cm. breite Furche auf dem Rande der Lücke für das Felsenbein, geht, an Breite bis auf 7 Cm. allmälig zunehmend, in gerader Richtung nach aussen, und ist bis zu seinem äusseren Ende in einer Ausdehnung von 50 Cm. noch klar ausgedrückt und sehr kenntlich. Hinter ihm liegt die Furche, welche den langen Fortsatz des Felsenbeines (pe.) beweglich einschliesst, und durch eine scharfe und schmale Leiste von dem Gehörgange geschieden ist. Diese Leiste wie der Fortsatz des Felsenbeines selbst und das dahinterliegende Knochenfeld bis zum Rande sind durch Abreibung geebnet. Nahe diesem Rande sieht man noch die blätterige Naht, welche Schläfen- und Hinterhauptsbein verbindet, in langen Zügen herabgehen. Sie verläuft anfanges der Scheide für den langen Fortsatz des Felsenbeines parallel, und tritt am hinteren Viertheile in diese Scheide selbst ein.

Da uns nur wenige Knochen von der B. syncondylos vorliegen, ist es andererseits günstig, dass sich das Schläfenbein darunter befindet, welches zur Unterscheidung der Arten sehr geeignet ist.

Das Schläfenbein der Glattwale zeigt wie gesagt nicht die eigene Naht, und unterscheidet sich weiter dadurch, dass der Gelenktheil sehr stark abwärts gerichtet ist, so dass er, von der Seite gesehen, eine unverkennbare Aehnlichkeit mit dem Quadratbeine eines Vogelkopfes zeigt. Schon Peter Camper*) ist diese Aehnlichkeit aufgefallen. Nach diesen zwei Merkmalen lässt sich mit aller Bestimmtheit behaupten, dass unser Kopfstück einem Glattwale nicht angehört.

Sehen wir nun weiter nach den Verschiedenheiten, welche das Schläfenbein der bekannten Finnwale zeigt.

Die M. longimana hat am Schläfenbeine einen Jochfortsatz, welcher die drei Kanten und Flächen, die so eben unterschieden wurden, abweichend von

---

*) Pierre Camper, observations anatomiques sur la structure interieure et le squelette de plusieurs espèces de Cétacés. Paris 1820 p. 62.

allen hier in Betracht gezogenen Finnwalen nicht in der Weise erkennen lässt. Der Hauptunterschied liegt darin, dass die vordere untere Kante (Fig. 4. m a) bei der M. longimana nur in ihrer innern Hülfte vorhanden ist, nach aussen sich aber ganz verliert. Man denke sich also diese vordere untere Kante zurückgedrückt, so fliesst die vordere Fläche mit der unteren (welche letztere man in Fig. 4. verkürzt sieht) zusammen; der ganze Knochen verliert die dreiflächige pyramidale Gestalt, und erhält die Form einer dicken Platte, deren hintere Fläche die obere hintere der Pyramide ist, deren vordere Fläche aus der Verschmelzung der vorderen mit der unteren der Pyramide entstand. Diese dicke Platte ist vorn, wo sie den Unterkiefer aufnimmt, concav; hinten convex; ihr oberer Rand (Fig 7. s) ist in situ mehr nach vorn gerichtet als der untere (p), sie liegt also schräg von vorn und oben nach hinten und unten. Auch hat diese Platte eine mehr vierseitige Form erhalten, und zwar ist der innere Rand mit dem Schädel verwachsen, der äussere Rand (e), welcher dem äusseren Theile des hinteren Randes der B. syncondylus entspricht, ist concav, und das Jochbein, welches bei den anderen Finnwalen auf einem pyramidalen Jochfortsatze aufsitzt, schliest sich hier dem vorderen Ende dieses äusseren concaven Randes an, und sitzt auf der vorderen unteren Ecke dieser vierseitigen Platte. Diese Form des Jochfortsatzes des Schläfenbeines ist in seinen Hauptmassen von der unseres Kopfstückes so verschieden, dass eine Verwechselung mit der M. longimana nicht wohl möglich ist. Jedoch will ich noch einen Unterschied von dem äusseren Gehörgange anführen. Derselbe ist an dem grossen Kopenhagener Exemplare der M. longimana, welches, wie erwähnt, unserem Kopfstücke an Grösse fast gleicht, von innen nach aussen nur in einer Länge von 28 bis 30 Cm. ausgehöhlt und klar kenntlich; in einer Entfernung von 35 Cm. von seinem inneren Ende, welches den Rand der Lücke für das Felsenbein einschneidet, ist keine Aushöhlung oder Begrenzung mehr zu bemerken, wogegen er an unserem Kopfstücke 50 Cm. weit bis zu Ende des Schläfenbeines deutlich ausgedrückt ist (Fig. 3. m a). An dem kleineren im zoologischen Museum zu Kopenhagen befindlichen Kopfe der M. longimana, dessen halbe Breite 69 Cm. beträgt, konnte der äussere Gehörgang auf höchstens 20 Cm. Länge erkannt werden.

An der B. laticeps Fig. 6. lässt sich auch ein Unterschied in der Gesammtform des Schläfenbeines erkennen. Der Winkel (L), welchen die vordere untere Kante des Schläfenbeines macht, und welcher oben von der B. syncondylus auf 130 Grade geschätzt wurde, kommt an der B. laticeps einem rechten Winkel noch nicht völlig gleich. Dieses Merkmal halte ich bei der Grösse der Differenz für entscheidend, da ich nach dem, was ich an Finnwalen verschiedener Grösse beobachtet habe, nicht glauben kann, dass dieser Winkel in solchem Masse variirt; er ist unter allen von mir gesehenen Finnwalen an der B. laticeps am schärfsten.

An der B. musculus liegt auf der vorderen Fläche des Jochfortsatzes des Schläfenbeines ein dicker Wulst (Fig. 8. w), um dessen Basis sich der aufsteigende Theil der eigenen Naht des Schläfenbeines (sp) dicht herum schmiegt. was ein sehr kenntliches Bild giebt.

Am kleinsten ist also dieser Winkel an der B. laticeps, dann folgt B. rostrata mit einem ungefähr rechten Winkel, dann B. musculus mit einem stumpfen, dann B. syncondylus, zuletzt M. longimana mit der schwachen Wölbung statt eines Winkels.

3. Das Felsen- und Paukenbein sind verloren bis auf den langen von einer tiefen Rinne des Schläfenbeines aufgenommenen Fortsatz des ersteren, dessen kurz vorher schon Erwähnung geschehen ist (Fig. 3. pe). Die Ränder der Rinne, sowie der Fortsatz selbst sind abgerieben, so dass sie an Dicke verloren haben. Am inneren Ende ist der Fortsatz 2 Cm. breit, erstreckt sich in einer Länge von 32 Cm. mit zunehmender Breite nach aussen, so dass das äussere Ende 5 Cm. misst. Die Rinne ist um einige Cm. länger als der Fortsatz selbst. Die Länge dieses Fortsatzes und die Länge des äusseren Gehörganges der B. syncondylus kommt den Verhältnissen der B. musculus ganz nahe.

Das Felsenbein wird von einer Lücke des Schädels aufgenommen, welche an unserem Kopfstücke (Fig. 3.) beinahe vierseitig ist. Am vorderen inneren Winkel wird sie auf eine kurze Strecke vom Flügelbeine (pt) begrenzt; nach innen vom Keilbein- und Hirterhaupts-Körper; den hinteren und äusseren Rand und den äusseren Theil des vorderen Randes bildet das Schläfenbein.

Der innere Rand der Lücke, welcher länger ist als der gegenüberstehende äussere, wird von den Körpern des hinteren Keilbeines und des Hinterhauptsbeines gebildet. An seinem vorderen Ende, wo er mit dem vorderen Rande den inneren Winkel der Lücke bildet, deckt der innere Rand von unten die Rinne, welche dem 3. Aste des n. trigeminus zum Ausgange dient, und sich genau wie bei der B. rostrata an der äusseren Seite der glatten, etwas ausgehöhlten Fläche des os pterygoideum für die Anhänge der Paukenhöhle (pt) fortsetzt. (Fig. 3. dicht nach innen von dem durch p. bezeichneten Punkte.) Ob der

3. Ast des n. trigem. nun auch wie bei der B. rostrata aus einem Ausschnitte des process. pterygoideus des Schläfenbeines hervortritt (Eschricht nordische Walthiere p. 120. T. X. Fig. 2.*) bleibt ungewiss, weil alle äusseren Fortsätze abgerieben sind. An dem hinteren Ende dieses inneren Randes zeigt ein eingelegter Holzsplitter (Fig. 3. 5.) den Ausgang einer tiefen von dem Hinterhauptsbeine gebildeten Rinne, durch welche der 9. bis 12. Hirnnerv ihren Ausgang nahmen.

Der hintere Rand der Lücke ist nur an dem inneren Viertel von dem Hinterhauptsbeine gebildet, der äussere Theil gehört dem Schläfenbeine an, und die blätterige Naht zwischen beiden Knochen trifft schräg von aussen auf den Rand. Am äusseren Rande liegen zwei Oeffnungen (o), die eine vor dem inneren Ende des äusseren Gehörganges, die andere 2,3 Cm. weiter nach vorn. Eine durchgeführte Sonde zeigt, dass sie die Mündungen zweier Kanäle sind, welche sich bald vereinigen, und die Gegenöffnungen zu der Fig. 4. auch mit (o) bezeichneten bilden, mit welcher das äussere hackenförmige Ende der eigenen Naht des Schläfenbeines hier abschliesst. Dieser Kanal enthält gewiss ein Gefäss, denn dass ein Nerv hindurch gegangen, ist deshalb unwahrscheinlich, weil er vielen Finnwalen fehlen müsste, die den Kanal nicht haben.

Von dem vorderen Ausgange des Kanales beginnt eine Naht (Fig. 3. sp.), welche ganz nahe dem vorderen Rande der Lücke für das Felsenbein 11 Cm. lang nach innen geht, sich hier klaffend eröffnet, und einen kleinen Fortsatz des grossen Keilbeinflügels wie einen eingetriebenen Keil (p) aufnimmt. An diesem Keil liegt dicht nach unten und innen die genannte Furche für den 3. Ast des n. trigem. Dieser Fortsatz des Keilbeinflügels kann wohl der ala parva Ingrassiae verglichen werden. Die Naht ist der Gegenspalt der eigenen Naht des Schläfenbeines (Fig. 4. sp.), der wegen der Dicke der Knochen hier so weit nach hinten liegt; bei der B. rostrata konnte ich einen platten Metallstreifen leicht hindurchführen.

An dem vorderen äusseren Winkel der Lücke ist das Schläfenbein dicht hinter der sutura propria von einer 5 Cm. weiten Furche tief ausgehöhlt, welche in den Schädel hinaufsteigt. Von ihrem inneren Begrenzungsrande giebt das Schläfenbein noch einen gekrümmten, in der Abbildung deutlich sichtbaren Fortsatz (r), welcher die Furche bis zu ⅔ ihres Umfanges umschliesst. Nach oben gegen die Schädelhöhle wird ihr Raum von einer Aushöhlung des Scheitelbeines überwölbt, ohne dass eine Fortsetzung von ihr an der inneren Schädelfläche bemerkbar wäre. Anfangs bezweifelte ich nicht, dass diese tiefe Furche der Eindruck der grossen Hirnvene sei; ich finde indessen die Furche in der Art weder bei B. rostrata noch bei M. longimana. Bei der letzteren konnte ich an einem gesprengten Kopfe deutlich sehen, dass sich hier zwar auch eine Ausbuchtung fand, dass diese aber durch Hervorragung des Felsenbeines ausgefüllt wurde. Ueberdies giebt Eschricht (Nordische Walthiere p. 117) nach Beobachtung an einem Fötus an, dass die Drosselvene mit dem 9. bis 12. Hirnnerven, (das ist hinter dem Felsenbein) durch ein grosses Loch hervortrete, obgleich er auch sagt, dass mit dem 3. Aste des n. trigem. (das ist vor dem Felsenbein) ebenfalls ein starkes Geflecht von Blutadern hindurchgehe. Wenn also jene weite Furche die Hirnvene enthielte, so müsste diese vor dem Felsenbeine gelegen sein, da sie bei den Delphinen hinter diesem liegt.

Genauere Beobachtungen über die Lage der Hirngefässe bei den Bartenwalen sind mir ausser den genannten nicht bekannt. Die Arterien von D. phocaena hat Stannius beschrieben, (J. Müller Archiv 1841. p. 379). Er sagt p. 386: „Die arteria carotis cerebralis .... begiebt sich endlich in den canalis caroticus des Felsenbeines. Durch diesen Kanal gelangt die Arterie in die Schädelhöhle." Allein das Felsenbein der Delphine enthält gar keinen canalis caroticus. An einem alten Weingeistpräparate unserer Sammlung konnte ich die Lage der Arterie und Vene, nachdem ich dieselben injicirt, noch mit hinlänglicher Sicherheit aufdecken. Bei D. phocaena liegt eine Oeffnung hinten an der äusseren Schädelbasis dicht nach innen von der Anheftung des Zungenbeines und dicht hinter dem os tympanicum in dem Winkel, in welchem dieses mit der pars basilaris und condyloidea des Hinterhauptes zusammenstösst. Ein foramen nutritium der pars condyloidea liegt etwas versteckt dicht dahinter. In jene Oeffnung tritt die carotis cerebralis und die vena jugularis cerebralis ein. Die Arterie verläuft über dem Paukenbein unter dem Felsenbein dicht nach innen vom Steigbügel, geht dann schräg nach vorn und innen, und tritt am Keilbeinkörper 6 Mm. hinter der ala magna in einen Kanal, welcher steil aufwärts geht und auf dem hinteren Keilbeinkörper neben der fossa pro hypophysi, die hier nur sehr flach eingedrückt ist, sich eröffnet. Am neugeborenen Thiere sehe ich an Stelle dieses Kanales einen tiefen Ausschnitt. Die Arterie giebt, sobald sie aus diesem Kanale hervorgetreten ist, viele Zweige zum Wundernetz, ohne sich darin ganz aufzulösen, wie das Stannius beschrieben hat. Die Vene und das an ihrer inneren Seite befindliche Nervenbündel liegen im äusseren Eingange hinter der Arterie. Während die Arterie zu dem Kanale des Keilbeinkörpers nach vorn geht, steigt die Vene von der Eintrittsstelle an der Seitenwand der Schädelhöhle in einer bemerkbaren Furche gerade wie beim Menschen aufwärts unter dem tentorium cerebelli, und verläuft dann als sinus transversus gegen den oberen Rand des foramen magnum. Das Nervenbündel tritt im Schädel nach innen von der Vene ein, und geht abwärts und nach aussen. Bei Delphinus globiceps, delphis und albicans finde ich den canalis caroticus des Keilbeinkörpers in ähnlicher Weise. Bei dem letzteren ist aber der Eingang für die Vene von der Lücke, in der das Felsenbein liegt, noch besonders abgeschlossen.

Auch bei der B. rostrata sind die Verhältnisse ganz ähnlich. Der canalis caroticus findet sich ebenfalls im Keilbeinkörper, und beginnt an dessen Seitenrande dicht vor der Naht zum Grundtheil des Hinterhauptsbeines und dicht hinter der Naht zum Flügelbeine, etwa 25 Mm. vom hinteren Rande des grossen Keilbeinflügels, also am vorderen Theile des inneren Randes der Lücke für das Felsenbein. Der Kanal steigt im Keilbeinkörper ziemlich steil auf, und eröffnet sich im Schädel in einer Linie, durch welche man quer über das Keilbein den rechten und linken Eindruck vom 3. Aste des n. trigeminus verbindet. Auffällig ist mir aber, dass dieser Kanal sehr eng ist; er ist enger als bei D. globiceps und bei dem Menschen. Am Eingange verkleinert er sich trichterförmig, und ist desshalb nicht genau messbar, aber ich kann kaum den Kiel einer Taubenschwungfeder einschieben. Dem ungeachtet bezweifele ich nicht, dass die carotis cerebralis hier eingeht, theils wegen der Analogie mit den Delphinen, theils weil Eschricht am Fötus desselben Wales die Arterie an dieser Stelle eintreten sah, und sie T. 14. f. 1. d. und T. 13. f. 1. ae. bezeichnet. (Vergl. p. 117. oben). Es müssen daher noch an anderen Stellen bedeutende Hirnschlagadern eingehen, wie dies ja von vielen Säugethieren bekannt ist. Bei der B. syncondylus ist keine Spur von einem canalis caroticus des Keilbeines vorhanden; die Arterie wird also im vorderen inneren Winkel der Lücke für das Felsenbein eingegangen sein, ohne eine deutliche Spur am Knochen zu hinterlassen. Diese Abweichung von B. rostrata ist um so weniger erheblich, als die neu geborene Phocaena an Stelle des Kanales nur eine Incisur hat, welche sich erst später zu einem Kanale abschliesst. Wie sich dies bei anderen Balänopteren verhält, habe ich nicht beobachtet, weil ich erst später auf dieses Verhältniss aufmerksam wurde. An dem gesprengten Schädel der

M. longimana in Kopenhagen würde mir der Kanal nicht entgangen sein, wenn er vorhanden wäre. Auch für die Hirnvene ist am wahrscheinlichsten, dass sie bei der B. syncondylus nach der Analogie mit den Delphinen und mit der B. rostrata durch den hinteren inneren Winkel der Lücke für das Felsenbein zusammen mit dem 9. bis 12. Hirnnerven ausgetreten sei, und nicht durch den vorderen äusseren Winkel in der 5 Cm. breiten Furche.

Die Lücke für das Felsenbein misst bei B. syncondylus von der vorderen Oeffnung o Fig. 3. gerade auf den inneren Rand 14,5 Cm.; von der Mitte des vorderen Randes und zwar der eigenen Naht des Schläfenbeines (sp) gerade nach hinten 8,7 Cm.

Bei der B. rostrata ist die Gestalt dieser Lücke hiervon sehr verschieden: sie hat ihre grösste Dimension von vorn nach hinten, und macht am hinteren inneren Winkel, da wo der 9. bis 12. Hirnnerv hinausgeht, noch eine breite und tiefe Bucht in das Hinterhauptsbein.

4. Weder im Keilbeine selbst noch zwischen ihm und dem Hinterhauptsbeine ist eine Naht vorhanden, was das vollendete Wachsthum des Thieres bekundet. Die untere Fläche ist quer concav; an die Seitenränder schliesst sich das Flügelbein an; der vomer, welcher die untere Fläche decken würde, ist verloren, die Flügelfortsätze sind abgerieben.

An einem jungen Exemplare der M. longimana, welches ich in Kopenhagen sah, ist das Grundstück des Hinterhauptsbeines mit dem hinteren Keilbeinkörper bereits verwachsen. In der obsoleten Naht liegt in der Mitte eine Oeffnung, welche von aussen bis in die Schädelhöhle durchdringt; die beiden Keilbeinkörper sind noch getrennt. An einem etwas grösseren Kopfe ist die Oeffnung nur äusserlich noch vorhanden, und endigt im Knochen blind. Ueber die obere Fläche des Keilbeines siehe die Schädelhöhle.

Auf dem Keilbeinkörper befindet sich jederseits ein kurzer Zapfen (Fig. 2. und 4. a m) von 4,5 Cm. Länge, der jedenfalls die Wurzel des grossen Keilbeinflügels darstellt. Auf seiner oberen Fläche liegt die Furche (V.), welche den ersten und zweiten Ast des n. trigem. aufnimmt. Da der grosse Keilbeinflügel sowohl bei B. rostrata als bei B. laticeps die Schläfengrube erreicht, und hier von aussen sichtbar ist, so glaubte ich anfangs, dass der grösste Theil des Keilbeinflügels abgebrochen sei, und sprach mich in meiner früheren Arbeit in diesem Sinne aus. Denn man sieht in der 2. Figur die vom Scheitel-. Schläfen- und Flügelbein gebildete Lücke, welche den Keilbeinflügel wohl an-

scheinend hätte aufnehmen können, und sieht zugleich, um wieviel länger er
hätte sein müssen, um die Schläfengrube zu erreichen. Nachdem hatte ich in
Kopenhagen Gelegenheit, an einem gesprengten Schädel der M. longimana
zu sehen, dass der grosse Keilbeinflügel die Schläfengrube nicht erreicht, sondern, weil er sehr klein ist, auf dem Wege dahin in dem Rande des Schläfenbeines stecken bleibt, welcher sich an das Keilbein legt. Die in unserer Figur
sichtbare Lücke, von der ich glaubte, dass sie den Keilbeinflügel aufnehme,
wird bei der M. longimana von dem hinteren unteren Winkel des Scheitelbeines ausgefüllt. Bei B. musculus ist ein kleines, kaum fingerbreites, von
einer Naht umgrenztes Knochenfeld in der Schläfengrube sichtbar, welches der
Keilbeinflügel wohl sein mag, wovon ich mich aber nicht ganz bestimmt habe
überzeugen können, da die Möglichkeit offen bleibt, dass er ein Nahtknochen
sei, zumal seine Lage etwas variirt. Diese Form würde zwischen den eben-
genannten die Mitte halten.

Demnach kann ich nicht mit Bestimmtheit entscheiden, wieviel von diesen
rudimentären Keilbeinflügel unseres Bruchstückes heruntergebrochen ist, und ob
er die Schläfengrube jemals erreicht hat, denn beide Fälle liegen bei den
Finnwalen unzweifelhaft vor. Da aber die Zapfen auf beiden Seiten fast gleich
sind, da ihre Endfläche so klein ist (2½ und 5 Cm.), dass der Keilbeinflügel,
um die Schläfengrube zu erreichen (17 Cm. weit), sehr lang und schmal sein
müsste, man auch so etwas von sutura lamellosa auf der Endfläche erkennen
kann, so ist es mir wahrscheinlicher, dass er die Schläfengrube nicht erreichte.
Hierbei gebe ich die Umrisse von den Schläfengruben der Finnwale, welche
ich zu sehen Gelegenheit hatte, da sie in den Abbildungen wie in der Beschreibung bisher unberücksichtigt geblieben, und doch zur Unterscheidung der
Arten sehr werthvoll sind. An allen zeigt sich die eigene Naht des Schläfenbeines (sp) in Form eines Hakens; ihr inneres Ende trifft immer auf das
Flügelbein (pt).

a) B. rostrata Fig. 5. hat am Endrande der Schläfenschuppe (sq.) einen
vorspringenden Winkel, welcher nach oben an den Keilbeinflügel (am), nach
unten an das Flügelbein (pt.) stösst.

b) B. laticeps Fig. 6. berührt mit dem Endrande der Schläfenschuppe
nur das Flügelbein, und erreicht den Keilbeinflügel nicht, welcher in der Naht
zwischen dem Flügel- und Scheitelbeine wie eine Insel auftaucht. Der haken-

4 *

förmige Anfang der eigenen Naht liegt hart in dem scharfen Winkel, welchen die vordere Fläche des Jochfortsatzes des Schläfenbeines bildet.

c) B. musculus Fig. 8. Der schräg abgeschnittene Endrand der Schläfenschuppe berührt das Flügelbein. Am Ende der eigenen Naht des Schläfenbeines liegt höher oder tiefer ein kleines Knochenfeld (am), welches der Keilbeinflügel sein mag. Auf der vorderen Fläche des Jochfortsatzes hat das Schläfenbein einen langen halbcylindrischen Wulst, welcher an dem Winkel dieser Fläche beginnt und sich mit ihr nach aussen und vorn erstreckt. Der Anfang dieses Wulstes wird von dem äussersten Theile der eigenen Naht in einem Bogen dicht umgangen.

d) B. syncondylus Fig. 4. Der Endrand der Schläfenschuppe, welcher schräg abgeschnitten ist wie bei B. musculus und M. longimana, erreicht nur das Flügelbein, kann aber möglicher Weise mit dem oberen inneren Winkel auch den Keilbeinflügel berührt haben.

e) M. longimana Fig. 7. erreicht mit dem Endrande der Schläfenschuppe nur das Flügelbein; die ala magna ist nicht sichtbar. Die eigene Naht beginnt und verläuft frei auf einer gleichmässig gebogenen Fläche.

Das Erscheinen des hinteren oder grossen Keilbeinflügels in der Schläfengrube hat· für die Systematik keinen Werth, denn es findet nicht bei allen Finnwalen statt, und tritt wieder bei den Glattwalen ein (Balaena mysticetus und biscagensis.) Bei diesen wendet aber der Keilbeinflügel der Schläfengrube eine lange schmale Fläche zu, welche in der Mitte eingeschnürt ist. Das der Keilbeinflügel der Fötus aller Finnwale in der Schläfengrube sichtbar sei, auch derjenigen, welche ihn später daselbst nicht sehen lassen, ist wohl wahrscheinlich, weil die Formen der Fötus übereinzustimmen pflegen, doch habe ich es nicht gesehen; die Nachbarknochen müssen dann den Keilbeinflügel überwachsen. Was die Beständigkeit dieser Verbindungen betrifft, so fand ich dieselben bei B. rostrata an dem Königsberger, dem Berliner, denen in Kopenhagen und an dem in Lund übereinstimmend. Von B. laticeps habe ich nur das Berliner Exemplar gesehen. Von B. musculus ist ein ganzes Skelet und noch ein Kopf in Kopenhagen; die Grösse der in der Schläfengrube sichtbaren Knochenfläche, welche wahrscheinlich dem Keilbeinflügel angehört, variirt etwas, und liegt auf der einen Seite eines Kopfes dicht unter dem inneren Ende der eigenen Naht des Schläfenbeines zwischen dem pr. pterygoideus oss. temp. und dem Flügelbein, wie es in Fig. 8. dargestellt ist; auf der anderen Seite dicht über dieser

Naht zwischen der Schläfenschuppe und dem Flügelbeine. M. longimana, wovon ein Exemplar in Berlin, viele in Kopenhagen und mehrere (ein ausgegrabener Kopf) in Lund, lässt nie den Keilbeinflügel in der Schläfengrube sehen, und ich fand nur die Abänderung, dass die Schläfenschuppe anstatt breit mit einem Endrande das Flügelbein zu berühren, wie es die Figur 7. zeigt, in eine Spitze ausläuft. Demnach sind alle diese Abänderungen nicht erheblicher, als man sie an einem Dutzend Menschenschädeln auch findet, ohne dass das Wesentliche verwischt wäre.

5. Das Flügelbein liegt zu den Seiten des Keilbeinkörpers nach vorn und innen von der Lücke für das Felsenbein an der Schädelbasis (Fig. 3). Es schiebt eine Kante zwischen die Schuppe und den Flügelfortsatz des Schläfenbeines ein, so dass die eigene Naht des Schläfenbeines gerade auf diese Kante trifft (Fig. 4). Die obere Fläche bildet an unserem Bruchstücke, wie es Eschricht von B. rostrata nachwies, zwischen dem vorderen und hinteren Keilbeinflügel einen Theil vom Boden der Schädelhöhle, und erhält hier eine deutliche etwa 3 Cm. breite Furche, welche schräg nach vorn und aussen gehend ohne Zweifel zur Augenhöhle führte. Sie kommt von der Wurzel des hinteren Keilbeinflügels, und ist in der Länge von 17 Cm. in das Flügelbein eingedrückt (Fig. 2. v bis pt). Da Eschricht an einem Fötus von B. rostrata beobachtet, dass auf dieser Fläche des Flügelbeines das ganglion semilunare Gasseri des n. trigeminus liegt, und dass von ihm der 1. und 2. Ast desselben mit den Augenbewegungsnerven zur orbita gehen, so kann diese Furche nur zu deren Aufnahme gedient haben (Nordische Walthiere p. 119). Eine andere Furche geht von hier rücklaufend über die Wurzel des hinteren Keilbeinflügels nach abwärts, und erscheint als tiefer Einschnitt am vorderen inneren Winkel der Lücke für das Felsenbein; sie ist bei Beschreibung dieser schon erwähnt worden. Diese für den 3. Ast des n. trigem. bestimmte Furche eröffnet sich nach aussen bei den Finnwalen in verschiedener Weise. Leider sind an unserem Kopfbruchstücke die äusseren Partien, welche diese Oeffnung enthalten, heruntergebrochen, so dass ich eine Vergleichung mit anderen Finnwalen nicht anstellen konnte, und deshalb dieses Verhältniss weniger beachtet habe. Bei der B. rostrata geht diese an dem vorderen inneren Winkel der Lücke für das Felsenbein gelegene tiefe Incisur in einen Canal über, welcher zwischen dem Flügel- und Schläfenbein schräg nach unten und aussen verläuft, und sich durch einen tiefen Ausschnitt des pr. pterygoideus des Schläfenbeines eröffnet. Er liegt

dicht an der äusseren Seite des grossen ovalen Eindruckes, welchen die Anhänge der Paukenhöhle an dem Flügelbeine hinterlassen. (Vergl. Eschricht
die nordischen Walthiere T. IX. F. 2. zwischen t t und T. X. F. 2 *). Bei
der B. musculus geht dieser Kanal einfach aus der Naht zwischen dem Schläfen-
und Flügelbein hervor. Bei der B. laticeps liegt die äussere Oeffnung, wie
schon Rudolphi angiebt, zwischen dem Schläfenbein, welches sie nach vorn
und aussen, und dem Flügelbein, das sie nach hinten und innen begrenzt.
(Rudolphi l. c. T. III. 21, 22, das eiförmige Loch).

An unserem Kopfbruchstücke fehlt dem Flügelbein der Gaumentheil, und
die untere Fläche zeigt noch den geräumigen Eindruck von den Anhängen der
Paukenhöhle, welche den Walthieren eigen sind. Der Rand, welcher diesen
Eindruck umgiebt, ist abgerieben, so dass nur eine flache Vertiefung über geblieben ist. Ihre grösste Länge ist 22 Cm., die Breite 14¼. (Fig. 3. pt).

6. Von dem Scheitelbeine (Fig. 2. und 4. br) ist nur der hinterste Theil
vorhanden. Es liegt vor dem seitlichen Rande des Schuppentheils des Hinterhauptsbeines, und ruhet mit seinem unteren Rande, welcher zu einer grossen
Fläche ausgedehnt ist, auf der Schläfenschuppe. Die innere concave Fläche
liegt in der Seitenwand der Schädelhöhle, und überwölbt die Lücke für das
Felsenbein durch einen Bogen, welcher gerade über der oben p. 23. beschriebenen breiten Furche des Schläfenbeines zu liegen kommt, und sich nach vorn
auf dem Keilbeinflügel stützt. Unter diesem vorderen Theile, welcher den Keilbeinflügel erreicht, sieht man in der Fig. 2. ein Licht, welches durch das Aus-
fallen eines Stückchen des Schläfenbeines entstanden ist.

7. Die Schädelhöhle wird, soweit sie erhalten ist, noch von der festen
inneren Knochentafel ausgekleidet, welche sich nach vorn, wo die Schädelbasis
abgebrochen, bis über den Ursprung des grossen Keilbeinflügels erstreckt.

Das Grundstück des Hinterhauptsbeines ist dicht vor dem foramen magnum
zur Aufnahme des verlängerten Markes querconcav, in der Länge fast gerade;
bei dem Uebergange auf den Keilbeinkörper flacht sich diese seichte Längsvene
schnell ab, und die Fläche wird umgekehrt querconvex, der Länge nach aber
schwach concav, also sattelförmig. Von dieser Sattelfläche zieht sich hinterwärts
eine Furche nach der Seite herab, welche oben flacher und breiter erscheint,
nach unten aber durch einen überhängenden Rand des Hinterhauptsbeines tief
umschlossen ist. Fig. 2. S. ist ein in sie eingelegtes Stäbchen, welches theil-
weise von diesem überhängenden Rande verdeckt wird. Sie führt durch den

hinteren inneren Winkel der Lücke für das Felsenbein, wo ihrer bereits gedacht wurde, nach aussen, und macht auf die äussere Fläche des Hinterhauptsbeines dicht nach innen von dessen Naht gegen das Schläfenbein noch einen sehr tiefen, schräg nach hinten und aussen gerichteten, 4 Cm. breiten, rinnenförmigen Eindruck. Fig. 3. S. bezeichnet sie durch dasselbe eingelegte Stäbchen. Ein Faden vom Ende dieser tiefen Furche an der äusseren Schädelbasis, wo in Fig. 3. das Stäbchen erscheint, durch den Schädel über den Keilbeinkörper hin bis zum Ende der Furche auf der andern Seite misst 56 Cm. Ueber den Inhalt dieser Furche ist oben bei der Beschreibung der Lücke für das Felsenbein verhandelt worden. Auf der rechten Seite sieht man etwas höher an der Seitenwand der Schädelhöhle (Fig. 2. d.) die Oeffnung für eine starke vena diploica. und darüber eine kleinere, welche wohl in die daneben herabsteigende grosse Hirnvene übergingen. Auf der linken Seite fehlen diese Oeffnungen. Etwas weiter nach vorn steigt von der Sattelfläche der Schädelbasis eine flache 3½ Cm. breite und nicht scharf begrenzte Furche nach der Seite am Keilbeinkörper gerade herab, und trifft auf die Mitte des inneren Randes der Lücke für das Felsenbein; eine schwache Längsstreifung lässt die Eindrücke einzelner Nervenstränge, doch wohl vom Systeme des vagus, noch erkennen.

Auf der Mitte der sattelförmigen Fläche sieht man (Fig. 2) eine kleine Figur wie eine arabische 2 oder ein Fragezeichen, welche man Menschenhänden zuzuschreiben geneigt war, aber sie ist von Thieren eingenagt während der Lagerung im Meere, da sich auch an anderen Stellen ähnliche Züge finden. Dicht davor ist auf der Schädelbasis eine kaum merkliche Erhebung, deren Höhe 18 Cm. vor dem unteren Rande des foramen magnum liegt, und welche den processus clinoidei posteriores des Keilbeinkörpers entspricht. Dann folgt eine flache Vertiefung, die fossa pro hypophysi, und in dieser endigt die feste Knochentafel, welche die Schädelhöhle auskleidet. Die schwammige Substanz des Knochens, welche hier sehr unregelmässig abgerieben ist, lässt noch eine Erhöhung erkennen, von welcher dem vorderen Keilbeinkörper wohl etwas angehört, und deren Mitte 35 Cm. in gerader Linie vor dem unteren Rande des for. magnum liegt. Hiermit schliesst das Bruchstück leider ab, dem also von der Längsdimension der Schädelhöhle noch ein erheblicher Theil fehlt.

Am Schuppentheile des Hinterhauptsbeines ist die quere Leiste, welche der Anheftung des tentorium cerebelli entspricht, vorhanden (Fig. 4. tr). Sie liegt nur 4 Cm. über dem oberen Rande des for. magnum (weshalb auch von dem unteren senkrechten Schenkel der kreuzförmigen Leiste des Menschen nichts zu sehen ist) und steigt bogenförmig gegen den hinteren Theil der Lücke für das Felsenbein herab. Unter ihr liegen die Gruben für das kleine Gehirn vor und neben dem foramen magnum. Der obere Schenkel der kreuzförmigen Leiste ist klar ausgedrückt, und geht am Schädelgewölbe von der Mitte der queren Leiste nach vorn, soweit die Schädeldecke erhalten ist (20 Cm. vom oberen Rande des for. magnum); er trennt zwei scharf gezeichnete Gruben für die hinteren Lappen des grossen Gehirns.

Rechterseits sieht man (Fig. 2) die grosse Lücke für das Felsenbein von innen, deren Eingang aussen vom Scheitelbein begrenzt ist, welches über dem Schläfenbein liegend von dem Seitenrande der Hinterhauptsschuppe nach vorn geht, und durch einen nach abwärts und innen gekrümmten Fortsatz den grossen Keilbeinflügel erreicht. An einem Punkte stossen drei Knochen zusammen wie im Menschen-Schädel, Hinterhauptsschuppe, Scheitel- und Schläfenbein. Fig. 2. y. Die Naht zwischen dem Hinterhaupts- und Schläfenbein geht mit langen auf- und absteigenden Lamellen von dem Punkte y in der Figur an dem sich markirenden rauhen Streifen nach innen gegen die vorspringende Kante des Hinter- hauptsbeines; und die zwischen Scheitel- und Schläfenbein von y am unteren Rande der davorliegenden glatten dreieckigen Fläche nach vorn. Die Schädel- höhle hat ihre grösste Breite hier fast schon gewonnen, und der Abstand beider Punkte kann an unserem Fragmente sicher gemessen werden, weil die betreffende Stelle der Hinterhauptsschuppe beiderseits noch vorhanden ist; er beträgt 39 Cm. Einige Querfinger weiter nach vorn, wo das Scheitelbein die Seitenwand bildet, würde der Querdurchmesser wohl um einige Cm. grösser sein. Von der Mitte der Vertiefung des Keilbeinkörpers (fossa pro hypoph.) bis zur Mitte des ab- gebrochenen Randes der Hinterhauptsschuppe d. i. 20 Cm. gerade über und vor dem grossen Hinterhauptsloche sind 25 Cm., was annähernd die Höhe der Schädelhöhle giebt. Von dem Höhepunkte der Erhabenheit hinter der Ver- tiefung des Keilbeinkörpers bis zur Mitte der queren Leiste (4 Cm. gerade über for. magnum) beträgt 15 Cm.

Die Länge der Schädelhöhle ist leider nicht möglich zu geben. Von dem unteren Rande des for. magnum bis zum vorderen Bruchrande des Keilbein- körpers (Fig. 2. Sph) sind 37 Cm.; vom oberen Rande des for. magnum eben- dahin 30 Cm. Verhält sie sich aber zur Breite wie bei der B. rostrata, deren Schädelhöhle 21,5 Cm. breit und 26 Cm. lang ist, so müsste sie etwa 47 Cm.

betragen haben. Jedoch scheint der Kopf der B. syncondylus weniger lang im Verhältniss zur Breite gewesen zu sein. 39, 25 und 47 Cm. sind immerhin ungeheure Dimensionen. Ein in der mittleren Ebene durchschnittener Kopf von B. musculus in Kopenhagen, dessen halbe Breite vom Ende des pr. zygomaticus des Schläfenbeines, senkrecht gegen die Mittellinie 106 Cm. beträgt, der also unserem syncondylus an Grösse sehr nahe kommt, hat eine Schädelhöhle von 20 Cm. Höhe (von der Mitte des hinteren Keilbeinkörpers gerade aufwärts) und 35 Cm. Länge (vom oberen Rande des for. magnum gerade nach vorn). Demnach ist die Schädelhöhle relativ kleiner als bei B. syncondylus. Ein nicht unerheblicher Theil der Schädelhöhle wird auch bei den Bartenwalen von den Gefässen eingenommen, welche Wundernetze bilden, die noch nicht genauer bekannt sind. Barkow*) bildet ein Stück eines solchen Wundernetzes von Balaena mysticetus ab, welches einen höheren Grad von Feinheit in seinen Verzweigungen nicht erreicht. Mit Recht warnt daher Knox**) dass man nicht das Gewicht des Gehirnes nach der Grösse der Schädelhöhle beurtheilen möge, verweist vielmehr auf das Wägen desselben als auf das einzige sichere Mittel.

Die Schädelhöhle der B. musculus enthält, wie ich an dem kurz zuvor erwähnten senkrecht durchschnittenen Schädel sah, ein jugum oder eine hervorragende Leiste, welche von der Seite des for. magnum zu der Lücke für das Felsenbein herabläuft. Diese Leiste ist sehr scharf ausgeprägt, 2,9 Cm. hoch, und am angewachsenen Rande oder der Basis 2,5 Cm. dick, und mit einem Faden im Bogen gemessen etwa 24 Cm. lang. Eine so hohe Leiste ist bei B. syncondylus, welche der B. musculus in mancher Rücksicht nahe kommt, nicht zu finden.

8. Ein Lendenwirbel wurde an der kurischen Nehrung nicht weit von der Stelle aufgefunden, an welcher früher das Schädelstück der B. syncondylus ausgeworfen war, und gehört mit grösster Wahrscheinlichkeit demselben Individuum an. Der ehrliche Finder suchte einen Nutzen nach seiner Art aus dem Wirbel zu ziehen, indem er die lockere Diploë des Körpers ausbohrte, ihn mit einem hölzernen Boden und zur grösseren Befestigung aussen mit einem eisernen Bande versah. Er gebrauchte ihn, so ausgerüstet, als Mörser, in welchem er Tabaksblätter zerrieb, um sich Schnupftabak zu präpariren. Die Fortsätze waren ihm hierbei überflüssig; er hat sie also mit einem Beile

*) Disquisitiones de arteriis etc. acta acad. Caes. Leop. Carol. nat. cur. Vol. XX. P. II. p. 667. Tab. 29.
**) Froriep Notizen 1833. Nr. 935.

grösstentheils abgestutzt. Ich lasse diesen verstümmelten Wirbel, dessen Körper durch diese Operation ebenfalls verkürzt worden ist, nicht abbilden.

Seine jetzige Länge ist 16 Cm. Die vordere Verbindungsfläche des Körpers misst vertical 25 Cm., ihre grösste horizontale Dimension, welche unter der Mitte liegt, ist 27,5 Cm. Die Breite des Bogens, wo er sich an den Körper anschliesst, ist 10 Cm.; die Höhe der apertura spinalis ist 9 Cm., ihre Breite 6,2.

Die untere Fläche des Körpers ist gekielt, und zeigt auf der Hervorragung zwei längsgehende schmale Eindrücke. Die äusseren Flächen sind von diesem Kiele zu den Querfortsätzen und von diesen zum Dornfortsatze concav. Die schiefen Fortsätze sind abgespalten. — Die Brustwirbel pflegen an der Bauchseite platt und oben gewölbt zu sein; dieser Wirbel hat einen Kiel wie die Bauchwirbel; für einen Schwanzwirbel sind die Stümpfe der Querfortsätze zu stark, auch seine Grösse zu beträchtlich.

In der vorstehenden Beschreibung ist B. syncondylus mit den verwandten Arten verglichen, ausgenommen mit B. gigas, wozu ich nicht Gelegenheit hatte. Dass sie aber dieser Art nicht angehöre, lässt sich aus der Grössendifferenz erkennen, denn jener Wal erreicht eine Länge von 100 Fuss, wovon unser Kopfstück etwa auf die Hälfte schliessen lässt. Es müsste also einem sehr jungen Thiere angehört haben, was nicht der Fall ist, weil die Nähte zwischen beiden Keilbeinkörpern und dem Hinterhauptskörper spurlos verschwunden sind.

Es bleibt uns noch die Vergleichung mit den fossilen Finnwalen, von denen ich die übergehe, deren Ueberreste keinen Vergleichungspunkt darbieten. Die älteren fossilen Finnwale, von denen ich genauere Nachricht habe erhalten können, sind kleinere Formen, welche über die Grösse der Balaenoptera rostrata Fabr. kaum hinausgehen.

Cortesi fand 1806 in der Lombardei am monte Pulgnasco das ganze Skelet eines Finnwales, dessen Beschreibung ich nur aus Cuvier (oss. fossiles ed. 4. T. VIII. P. II. p. 309) kenne, der auch die Abbildung T. 228. Fig. 1. copirt hat. Der Kopf hat eine Länge von 1,94 M. und unterscheidet sich von unserem Kopfbruchstück durch die scharf ausgedrückte Hinterhauptsleiste, welche mit dem Wachsthum an Schärfe gewinnt, und durch die in einem regelmässigeren Bogen und stärker gekrümmte vordere Fläche des Schläfenbeins.

H. Rathke[*] beschrieb den Kopf und einige Wirbel eines kleinen Wales, der auf der Halbinsel Taman in Kalkstein eingeschlossen gefunden, und im

[*] Memoires presentés à l'acad. des sciences de St. Petersbourg par divers Savans. T. II. Petersb. 1835. pag. 331. 4.

Museum zu Kertsch aufbewahrt wurde. Nachher haben Eichwald und später Brandt darüber geschrieben, welcher letztere diesen Wal generisch trennte unter dem Namen Cetotherium Rathkei *). Rathke sagt, er sei den Finnwalen am ähnlichsten, besonders der B. boops und rostrata theils durch die ganz allmälige Verschmälerung des Kopfes von dem hinteren breiteren Theile nach vorn, theils durch die Flachheit des Hinterhauptsbeines; doch entferne er sich durch andere Verhältnisse von allen lebenden Balänopteren. Er lässt es unentschieden, ob die Kleinheit (der Kopf ist nur 49 Cm. breit) der Art oder dem Alter zuzuschreiben sei. — Die condyli occipitales sind getrennt; für unsere Art wäre er auch als Fötus zu klein.

Van Beneden **) berichtet über Walknochen aller Theile, scheinbar neun Individuen angehörend, welche bei St. Nicolas in Antwerpen in einem sehr feinen grau-grünen Sande (crag der Engeländer) gefunden seien. Er stellt sie in einem neuen genus Plesiocetus zusammen. Genauere Beschreibungen und Abbildungen fehlen noch. Es sind kleine Wale.

Hieran schliesst sich ein in Museum zu Leyden aufbewahrtes Hinterhauptsbein, welches die Aufschrift trägt, „e fossa in Antwerpen," wonach es einem Landsmanne der van Benedenschen Wale angehört hat. Herr Prof. Schlegel hatte die Güte, mir dasselbe auf meine Bitte zur Vergleichung zu schicken.

Die Knochenmasse hat ein dunkeles schiefergraues Ansehen, ist sehr schweer, und durchaus chemisch verändert. Herr Prof. Werther hatte die Güte, den Knochen chemisch zu untersuchen; er besteht vorwaltend aus kohlensaurem Kalk; die Havers'schen Kanälchen sind mit Schwefeleisen gefüllt, welches nach Lösung der Masse in Form verzweigter Hirschgeweihe zurückbleibt. Unter dem Mikroskop sieht man die Knochenlücken mit ihren radiären Kanälchen sehr deutlich; sie sind leer, sehen dunkel aus bei durchfallendem Lichte, und schwinden nach Füllung mit Flüssigkeit. Von Leim ist keine Spur mehr im Knochen. Die Diploë des Grundtheiles ist locker, und frei von Steinmassen in den Lücken.

Dies Hinterhauptsbein verhält sich in der Grösse zu dem der B. syncondylus wie 5 : 7. Von Nähten im Knochen selbst ist keine Spur mehr vorhanden. Der Grundtheil scheint vorn gerade in der Verbindung mit dem Keil-

*) Vergl. Bulletin de l'acad. de St. Petersb. 1842. I p 145. und A. v. Nordmann, Paläontologie von Südrussland. Helsingfors 1858. 4. p. 333.
**) Bulletin de l'academie roy. de Belgique. Serie II. Taf. S. 1850. p. 107.

3 *

beinkörper abgebrochen zu sein, und hat hier eine Dicke von 4,8 Cm. Hinten am Seitenrande zeigt er die Rinne für die hinteren Hirnnerven weniger tief und ohne den überhängenden Rand der B. syncondylus. Der Knochen ist hier am schmälsten, 23,8 Cm. Die obere Fläche der pars basilaris hat eine geringere Aushöhlung für das verlängerte Mark; die untere Fläche ist stark concav, da die Seitenränder abwärts gebogen sind. An dem Verbindungsrande zum Keilbeinkörper hat die innere Knochentafel ein Loch, den Zugang zu einer in der Diploë gelegenen 2 Cm. weiten, nach dem vorderen Bruchrande geöffneten Höhle. Das ist dieselbe Stelle, an der ich bei einer jungen M. longimana ein nach aussen völlig durchbohrendes Loch sah. Der äussere Längskamm der Schuppe ist schwach, die innere quere Leiste ist nach den Seiten hin klar ausgedrückt, nach der Mitte zu ist sie wie die protuberantia occipitalis interna etwas abgestossen. Der grösste Querdurchmesser der Schädelhöhle, so weit diese von der Hinterhauptsschuppe seitlich begrenzt wird, ist 33 Cm. Das foramen magnum ist länglich, seine seitlichen Begrenzungen sind fast gerade, so dass es wie ein abgerundetes Viereck erscheint, dessen obere Seite breiter (7,2 Cm.) ist als die untere (5,5 Cm.) bei 6,1 Höhe, d. h. im Lichte gemessen, welches durch die innere Apertur begrenzt wird. Am oberen Rande des for. magnum wird durch die Dicke des Knochens ähnlich der B. syncondylus eine halbmondförmige Fläche gebildet von 4,7 Cm. Höhe in der Mitte. Die äussere Apertur des for. magnum also bis zum oberen Rande dieser halbmondförmigen Fläche ist 12,8 Cm. hoch, ihre Breite ist oben 8,7; nach unten, wo diese am engsten ist, 5,1 Cm.

Die Condylen sind an ihren inneren Rändern, welche sie den fast geraden Seiten des for. magnum zuwenden, auch mehr gerade, und nähern sich bis auf 1 Cm. Ihre grösste Länge schräg nach oben und aussen ist 16,8 Cm., ihre grösste Breite horizontal 10,5, und horizontal durch beide zusammen genommen 25 Cm.

Die Form des for. magnum wird diesen Wal leicht kenntlich machen, und unterscheidet ihn sehr bestimmt von B. syncondylus mit rundlicher Oeffnung. Eine Art aber auf einen einzelnen Knochen zu begründen, ist misslich, und müsste hier doch eine Vergleichung mit den übrigen Antwerpener Walen vorhergehen.

Wilh. Lilljeborg*) hat einen in Schweden ausgegrabenen Wal beschrieben unter dem Namen Balaenoptera robusta, welcher auch nicht eigentlich

*) Zuerst: Föredrag vid Naturforsk-Mötet i Köpenhamn 1860; Förh. p. 602. Dann ausführlicher: Upsala Universitets Arsskrift 1862.

fossil ist, und in den Verhältnissen des Fundortes grosse Aehnlichkeit mit unserem Wale zeigt, aber doch von ihm verschieden ist. Lilljeborg und O. v. Friesen liessen ihn in mehrtägiger Arbeit mit 6 bis 7 Mann auf Grasö ausgraben. Er lag im Acker 840 Fuss vom Meeresstrande und 20 Fuss über dem Meere, 1—2 Ellen tief unter dem Humus und Sande auf einer Thonschicht, und dicht neben den Knochen und nur hier fanden sich Tellina baltica und Mytilus edulis in Menge. Mit Recht urtheilt daher wohl der Verfasser, dass das Thier hier strandete, wo seine Ueberreste lagen. Es wurden gefunden beide Unterkiefer, der 1., 3., 4. und 6. Halswirbel, 7 Brustwirbel, 8 Lendenkreuzwirbel, 14 Schwanzwirbel, 4 untere Schwanzbögen, das rechte Schulterblatt, das linke Oberarmbein, die rechten Unterarmbeine, 6 Carpal-, 4 Metacarpalbeine, 4 Phalangen, Brustbein und 22 Rippen, zu denen das 1. Paar fehlt.

Auszeichnend für dieses Skelet ist es, dass die Unterkiefer kurz, grob, wenig gebogen und mit einem kaum bemerkbaren pr. coronoideus versehen sind, wodurch es von den Balänopteren abweicht. Sie sind 8′ 2″ schwed. M. und Lilljeborg fand, dass die Länge des Unterkiefers, nach der Krümmung gemessen, der Länge des Schädels annähernd gleicht. Die ganze Länge des Thieres schätzt er auf 45 bis 50 Fuss, daher der Schädel nach diesem Verhältniss sehr klein sein würde. Die Halswirbel sind getrennt, und keiner der gefundenen hat ringförmige Querfortsätze. Der atlas ist gross und dick, hat kurze Querfortsätze, deren Höhe ihre Länge übertrifft. Er ist mit dem tuberculum anticum und posticum versehen, und sein foramen spinale ist nach unten verengt. Die Gelenkflächen für die condyli occipitales erstrecken sich nach oben ungefähr in gleicher Höhe mit den Querfortsätzen, und sind nach unten getrennt. Die hinteren Gelenkflächen (für den epistropheus) liegen tiefer und sind unten vereinigt. Die Rippen sind dick und gross, fast wie die der Balaena mysticetus, auch haben die 4. bis 6. ein so starkes tuberculum. Sie gehören 14 Paaren an, wobei das 1. Paar noch fehlt; das Thier hatte daher wenigstens 15 Paar Rippen und folglich ebensoviele Brustwirbel. Die Zahl der Lendenkreuz- und Schwanzwirbel ist nach Schätzung der Lücken zwischen den gefundenen angenommen. Das Brustbein zeigt einige Aehnlichkeit mit dem der B. musculus. Das Schulterblatt steht in der Breite zwischen dem der Balaenoptera und Balaena, hat ein grosses acromion und kurzen pr. coracoideus, wodurch es sich von dem der Megaptera unterscheidet.

Nach den zahlreichen Wirbeln und der gestreckten Körperform zieht Lilljeborg den Wal zu den Balänopteren, und giebt seine Merkmale so an: Am Unterkiefer ist der pr. coronoideus niedrig und wenig bemerkbar. Rippen sind wenigstens 15 Paare, und die Wirbelzahl ist ungefähr 60. Keiner der auf den epistropheus folgenden Halswirbel hat ringförmige Seitenfortsätze.

Es hatte sich so übel getroffen, dass auch nicht ein gleichnamiger Knochen von B. robusta und syncondylus zugleich gefunden war, und es hielt deshalb schwer, einen Vergleichungspunkt zu finden, welchen auch der oben beschriebene verstümmelte Wirbel von B. syncondylus nur sehr unvollkommen gewähren kann. Um also zu ermitteln, ob beide Formen übereinstimmen, habe ich mich auch brieflich an Lilljeborg gewandt. Anfangs dachte ich mir, dass, wenn die condyli occipitales verwachsen seien, es auch die Gelenkflächen des atlas sein müssten. Doch bezweifle ich jetzt die Nothwendigkeit dieser Folge, denn ich sehe nicht, wie bei einfachem Gelenkkopf und zweitheiliger Pfanne der Mechanismus des Gelenkes gestört werden sollte. Vergl. oben p. 14. Solche Construction findet in der Technik nicht selten Anwendung, und kommt auch in den natürlichen Gelenken vor. So findet man bei Säugethieren und Menschen bisweilen die für einen condylus bestimmte Gelenkfläche des atlas in einen Dorsal- und einen Ventraltheil geschieden. Wenn es daher auch feststeht, dass der atlas der B. robusta zwei getrennte Gelenkflächen für den Kopf besitzt, so kann es hiernach doch noch sein, dass sie mit der B. syncondylus einer und derselben Art angehört. Dagegen spricht indessen der Umstand, dass das Exemplar der B. robusta (Kopf 8′) viel kleiner ist, als das der B. syncondylus, ohne getrennte Vertebralscheiben zu haben, und dass Lilljeborg nach einer ungefähren Zeichnung des hier gefundenen verstümmelten Wirbels diesen eher der B. musculus oder der Megaptera als seiner robusta zuzuschreiben geneigt war.

Balaena prisca Nilsson (Fauna Scandinaviae mammalia) bezieht sich zum Theil auf die bei Heljarp unweit Landskrone gefundenen Knochen, von denen Lilljeborg (l. c. p. 92. Note) angiebt, dass sie zur Megaptera longimana gehören, und dass der atlas sowohl in der Form des for. spinale als in der geringen Grösse der vorderen Gelenkflächen mehr mit der Cuvier'schen Zeichnung dieses Knochens vom Kap'schen Buckelwal übereinstimmt. Ein anderer Theil der von Nilsson beschriebenen Knochen gehört zu Balaena mysticetus. Lilljeborg p. 113.

Schliesslich will ich noch des Schulterblattes von einem Walthiere erwähnen, welches, obgleich ohne Beziehung zu dem hier gefundenen Kopfstücke, angeblich aus hiesiger Gegend stammt. Es ist auch bereits historisch bekannt, denn schon Bock erwähnt seiner in der wirthschaftlichen Naturgeschichte von Ost- und Westpreussen im II. Theil p. 396. Vergl. die schon angeführte Arbeit vom Stadtrath Hensche in dieser Zeitschrift I. Jahrg. p. 149. v. Baer *) kannte dieses Schulterblatt nur nach einer brieflichen Mittheilung von Hagen, und schrieb es danach dem Physeter macrocephalus zu. II. Rathke **) hat es dann genauer beschrieben, und erkennt es richtig als der Gattung Balaena angehörig, findet aber, dass es in der Form mehr mit der südlichen Art vom Cap übereinstimme. Er nennt es „völlig versteinert," und in der That erschien die Oberfläche kalkig und abfärbend, so dass ich auch die Masse für chemisch verändert hielt. Später bemerkte ich an einigen Stellen das gewöhnliche Aussehen eines Knochens, und entkleidete ihn durch Wasser und Seife seines alterthümlichen Scheines, so dass er ein Schulterblatt von Balaena mysticetus geworden ist, wie andere Schulterblätter sind. Es ist vermuthlich einmal beim Anstreichen der Kapelle der Consequenz wegen mit überstrichen worden. Die concave Fläche ist die äussere, denn sie enthält eine schwache spina, welche in ein langes acromion übergeht. Es ist daher ein linkes Schulterblatt.

Erklärung der Abbildungen.

Fig. 1. Ansicht der Condylen des Hinterhauptsbeines. Da der Knorpelüberzug dunkler ist als der Knochen, so erscheint die Wölbung der Condylen leicht als Concavität, zumal auf der Schattenseite. In der Mitte sieht man das grosse Hinterhauptsloch, unmittelbar darüber eine halbmondförmige Fläche an der Schuppe des Hinterhauptsbeines, welche die Dicke des Knochens ungefähr anzeigt; sie geht vom Lichte des for. magnum aufwärts bis zu dem scharf ausgeprägten Rande.

Darunter liegen zu beiden Seiten die Condylen des Hinterhauptes, deren Knorpelüberzug dunkler erscheint. Dieser hängt in der Mittellinie nur noch durch eine schmale Brücke zusammen. Oben zwischen beiden Condylen dicht unter dem for. magnum sieht man eine breite flache Rinne zu einem Ernährungs-

*) De fossilibus mammalium reliquiis in Prussia. Regiomonti 1823. 4. p. 35.
**) Vaterländisches Archiv für Wissenschaft etc. oder Preussische Provinzialblätter. Bd. 18. Königsberg 1837. pag. 563.

loche herabsteigen, dessen Oeffnung aber so gerichtet ist, dass man nur von oben hineinsehen kann. Daneben und darunter liegt die Diploë des Knochens blos, weil hier der Knorpelüberzug abgestossen ist. Dann folgt abwärts die schmale Knorpelbrücke, welche die Ueberzüge beider Condylen verbindet, und in der Mittellinie eine leicht eingedrückte Furche enthält. Unter dieser Brücke theilt eine tiefe schmale Furche wie ein Sägeschnitt die Diploë, und zeigt die Begrenzung beider Condylen an, welche zu einem nierenförmigen Gelenkkopfe verwachsen sind; wo aber der Knorpelüberzug in der Mittellinie noch vorhanden ist, deckt er diese tiefe Furche, sie geht in der Diploë unter ihm hin. Etwas unter dem Ende des scheinbaren Sägeschnitts sieht man als Begrenzung der Condylen einen Bogen, welcher von den Seiten her ohne Biegung und Knik durch die Mittellinie geht. Der untere Contour der Figur ist concav, weil die Seitenränder der pars basilaris des Hinterhauptsbeines stark abwärts gebogen sind.

S zeigt die Stelle, wo die Furche für den 9. bis 12. Hirnnerven einschneidet, welche in Fig. 2 und 3 ebenso bezeichnet ist.

Fig. 2. Man sieht von vorn und oben in die Schädelhöhle und in die Lücke für das Felsenbein hinein.

Sph Keilbeinkörper im vorderen Theile mit entblösster Diploë, dahinter, wo ihn eine Knochentafel bekleidet, ist die Grube für den Hirnanhang. Dann folgt eine sattelförmige Fläche, von welcher eine breite und tiefe Furche, durch das Stäbchen S bezeichnet, herabsteigt für den 9. bis 12. Hirnnerven und wahrscheinlich auch für die grosse Hirnvene. Ueber ihrem Anfange sieht man rechterseits (auf das Thier bezüglich) zwei Ernährungslöcher über und unter d, welche links fehlen, zum oberen kleineren kommt eine Furche herunter, zum unteren grösseren steigt eine hinauf.

am der grosse Keilbeinflügel, über welchem v die Furche für den 1. und 2. Ast des nervus trigeminus und für die Augenbewegungsnerven verläuft und sich auf das Flügelbein bis pt fortsetzt.

Dicht nach aussen von der Furche v sieht man ein kleines Licht, durch Ausfall eines Stückes des Schläfenbeins, über welchem sich der grosse Keilbeinflügel mit dem Scheitelbeine br verbindet.

Hinter dem Keilbeinflügel ist die Lücke, in welcher unten das Felsenbein lag. Darüber an der Seitenwand des Schädels stossen in einem Punkte y drei Knochen, das Hinterhaupts-, Scheitel- und Schläfenbein, zusammen.

br Scheitelbein.

sq Schläfenschuppe.

pt Flügelbein.

pp Flügelfortsatz des Schläfenbeines.

sp der innere Theil der eigenen Naht des Schläfenbeines.

Fig. 3. Ansicht der äusseren Fläche der Schädelbasis von der Mittellinie ab; rechte Seite des Thieres. In der Mitte der Figur die grosse Lücke für das Felsenbein.

co condylus occipitalis dexter.

i die tiefe Furche in der Diploë zwischen ihm und dem linken.

Davor liegt rechts für den Beschauer, wo die Figur abschneidet, der Basilartheil des Hinterhauptsbeines und der Keilbeinkörper.

pt os pterygoideum. Die Bezeichnung steht mitten in der grossen platten Grube für die Anhänge der Paukenhöhle; an der äusseren Grenze derselben sieht man die Naht gegen das Schläfenbein, welche bei t ausläuft und deren Fortsetzung in Fig. 4. zwischen pt und sp vom unteren Rande aufsteigt. Die Naht gegen das Keilbein kommt von s herunter, und biegt dann nach aussen gegen den vorderen inneren Winkel der Lücke für das Felsenbein Aus diesem Winkel tritt der 3. Ast des nerv. trigeminus hervor, und verläuft in der Furche, welche nahe unter p an der äusseren Seite der platten Grube pt liegt. In Fig. 2. würde diese Furche fast in der Verlängerung von v über den hinteren Rand des grossen Keilbeinflügels herabsteigen. S ein Holzstäbchen zur Bezeichnung des Ausganges des 9. bis 12. Hirnnerven. Vergl. S Fig. 1. und 2.

cg Gelenkgrube des Schläfenbeines für den Unterkiefer.

m Rand, an welchem ein Stück der äusseren Knochentafel abgesprengt ist.

o Die zwei Gegenöffnungen des Kanales Fig. 4. o.

Von der vorderen dieser Oeffnungen beginnt ein Spalt sp (der Gegenspalt der eigenen Naht des Schläfenbeines Fig. 4. o. u. sp) der sich am vorderen Rande der Lücke nach innen zieht, und p, einen kleinen Fortsatz des Keilbeines, aufnimmt.

Dicht dahinter im vorderen äusseren Winkel der Lücke liegt eine breite tiefe Furche, welche innen von einem vorspringenden Fortsatze des Schläfenbeines r begrenzt ist.

ma Der äussere Gehörgang.

pe Fortsatz des Felsenbeines, in einer Scheide des Schläfenbeines beweglich eingeschlossen. Dicht hinter ihr geht die Naht zwischen Schläfen- und Hinterhauptsbein in langen wechselnden Zügen in die Lücke für das Felsenbein.

Am inneren Rande dieser Lücke und innen von der Grube für die Anhänge der Paukenböhle pt sieht man die offene Diploë, weil der abwärts gerichtete Rand der pars basilaris des Hinterhauptes und des Keilbeines abgerieben sind.

Fig. 4. Ansicht von vorn und rechts. Der Beschauer steht mehr nach aussen und etwas tiefer als zu Fig. 2.

Sph Keilbeinkörper. Hinten ist das grosse Hinterhauptsloch sichtbar, vor welchem die concave Fläche für das verlängerte Mark liegt. Ueber dem for. magnum sieht man die quere Leiste des Hinterhauptsbeines tr.

am Ala magna des Keilbeines, linkerseits mit der Furche für den 1. und 2. Ast des nerv. trigeminus.

pt Os pterygoideum.

br Scheitelbein.

sq Schuppe des Schläfenbeines.

pz Jochfortsatz desselben.

ms Dessen oberer,

ma vorderer,

mp hinterer Rand.

fr Die Stelle, an der ein Stück der äusseren Knochentafel abgebrochen ist.

gl Gelenkgrube des Schläfenbeines für den Unterkiefer.

pp Processus pterygoideus des Schläfenbeines.

o Ein Kanal (Gefäss-), welcher Fig. 3. o. zwei Gegenöffnungen hat, und an welchem die eigene Naht des Schläfenbeines beginnt; sie steigt auf nach a, macht hier einen spitzen Winkel, und steigt sp auf eine Kante des Flügelbeines herab.

Die Skizzen stellen die Schläfengegend dar von

Fig. 5. Balaenoptera rostrata.

Fig. 6. Balaenoptera laticeps.

Fig. 7. Megaptera longimana.

Fig. 8. Balaenoptera musculus. w ein Wulst auf der vorderen Fläche des Jochfortsatzes des Schläfenbeines, um dessen Basis sich der Anfang der eigenen Naht des Schläfenbeines sp krümmt

L Der Winkel der vorderen Fläche des Jochfortsatzes des Schläfenbeines.

s Der obere Rand desselben.

p Der hintere Rand desselben.

e Der äussere Rand desselben.

sp Sutura propria oss. temporum.

sq Squama ossis temporum.

pp Proc. pterygoideus oss. temporum.

pt Os pterygoideum.

am Ala magna oss. sphenoidei.

pz Proc. zygomaticus des Schläfenbeines.

Die Photographien des Herrn Prothmann können (die Figur zu 25 Sgr.) durch die Buchhandlung **Bruno Meyer & Comp.** in Königsberg bezogen werden.

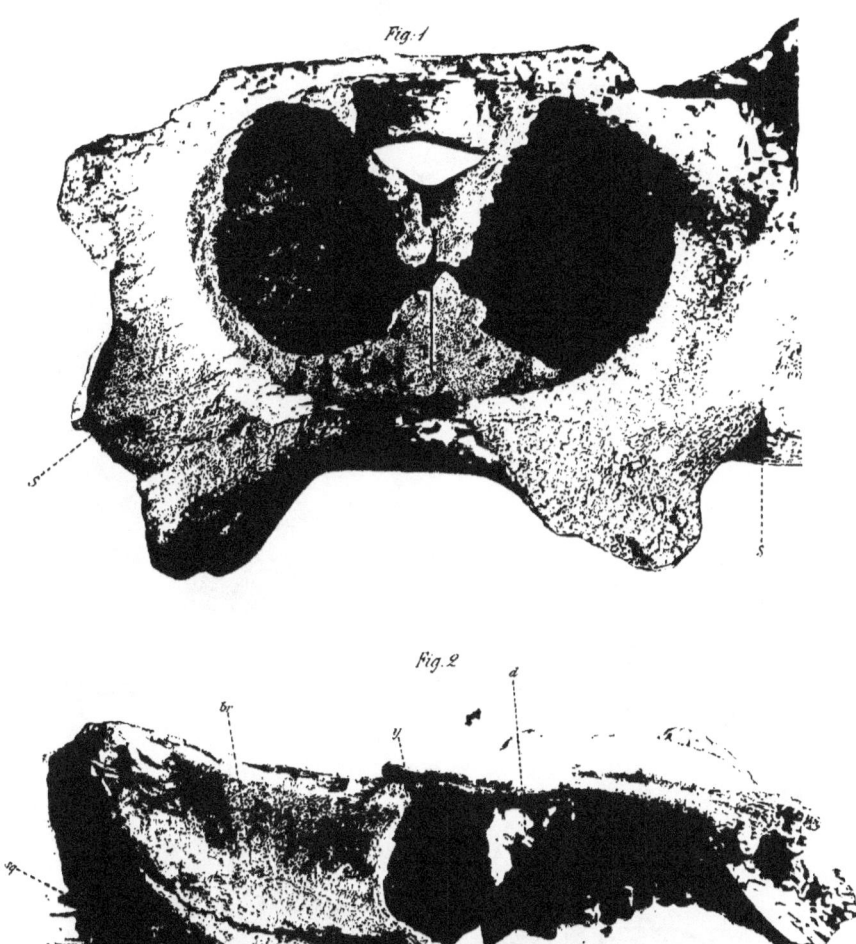

Fig. 1

Fig. 2

Prothmann photogr.   C.F.Schmidt 186.

Fig 3

Fig 4

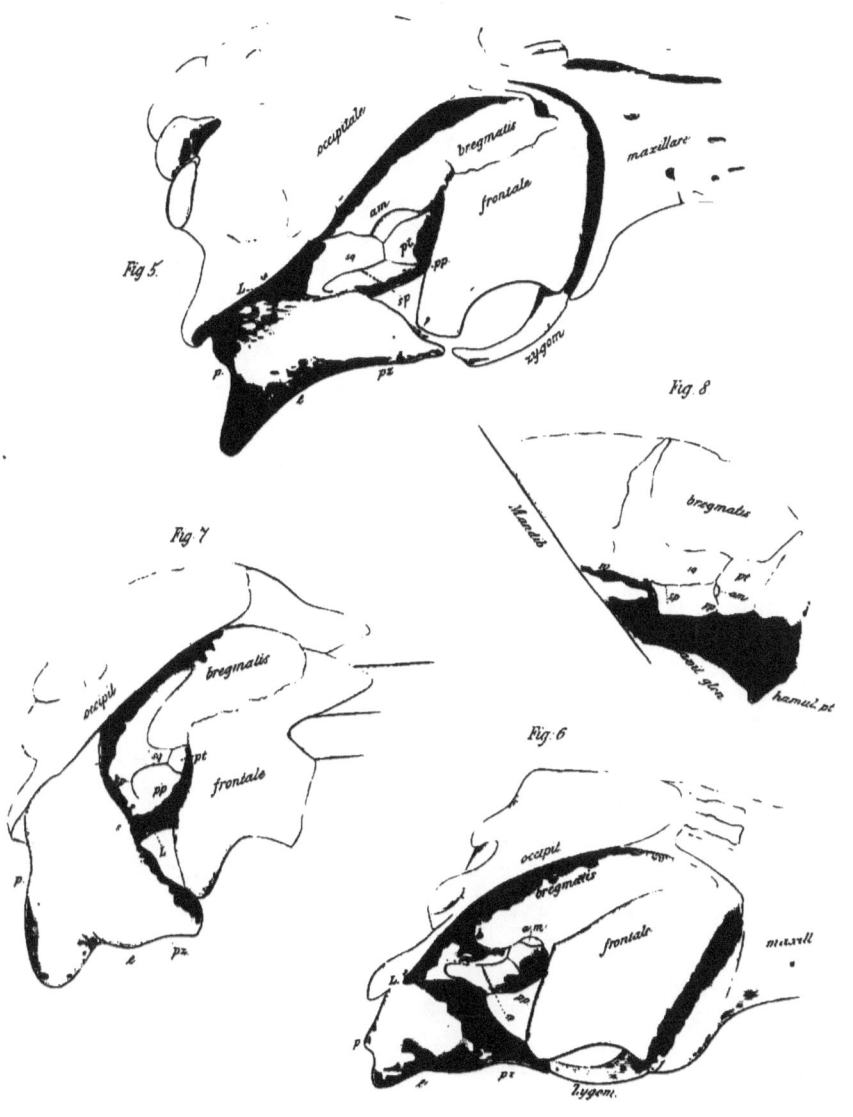

www.ingramcontent.com/pod-product-compliance
Lightning Source LLC
Chambersburg PA
CBHW022205020726
47496CB00008B/2886